TÁBULA RASA

Marcelo Steuer

FARIAESILVA
EDITORA

UM

Havia onze meses que sua vida tinha mudado. Esta parecia uma forma estranha de expressar o que vivia. Só sabia que se passou esse tempo desde que retomara a consciência, em uma cama de hospital. Disseram-lhe que tivera uma forte virose, passara alguns dias com febre alta e, depois de uma série de convulsões, foi hospitalizado. Tudo isso lhe explicaram quando acordou, recuperado – mas não se lembrava de nada.

No início um desespero maior tomou conta dele. Percebeu que seu vazio era quase pleno. Não se lembrava de sua história, não se lembrava de ninguém. Tinha sido alijado de si mesmo. A estranheza da situação ficou ainda mais evidente ao perceber que nada havia mudado aparentemente. Seus sentidos estavam intactos. Suas capacidades básicas, mantidas. Enxergava, falava, comia, andava, ia ao banheiro normalmente. Nenhuma limitação física. Sua aparência era a mesma, ou quase. Disseram-lhe que emagreceu alguns quilos, o que até lhe caíra bem.

Com o tempo, percebeu que mantivera algumas habilidades adquiridas há muito. Pôde novamente ler, escrever, operar equipamentos eletrônicos, dirigir, voltar aos esportes e, em geral, exercer várias capacidades. Os médicos explicaram que quadros como o seu eram extraordinariamente incomuns, sendo impossível prever com precisão se recuperaria a memória. Tudo indicava que os danos cerebrais seriam permanentes, e as perdas de memória, definitivas.

Foram aparecendo os personagens que definiam a sua vida. Para frustração de todos, a cada um ele foi apresentado e aos anseios de ninguém pôde atender. O roteiro era repetitivo: alguém chegava com a expectativa de seu pronto reconhecimento, da lembrança imediata de como eram próximos e da acolhida, para logo perceber que era recebido como um estranho. Ainda mais dramático foi constatar que também não conhecia a si mesmo.

Poucos dias após despertar, soube que receberia alta do hospital. Não havia mais nenhum problema evidente de saúde a cuidar, poderia voltar para casa. Retornar para uma vida que não conhecia e para o convívio daqueles que se apresentavam como os seus, mas que ele nem sequer conseguia reconhecer.

A noite anterior à alta hospitalar foi de extrema agonia. Mesmo com toda a medicação não conseguiu dormir. Não podia definir o que o incomodava mais, se o sentimento de vazio que o tomava ou a ideia de retornar a uma vida da qual estava totalmente deslocado. Queria gritar, mas não sabia para quem. Queria chorar, mas parecia que suas lágrimas haviam secado juntamente com sua memória.

Suas perdas eram reais e imensas, mas naquele momento sentiu nitidamente que se deixar dominar por elas não seria uma alternativa. Não se permitiria se vitimizar. Precisava sair do rodamoinho e pensou que a única forma de o fazer seria concentrar-se no que ainda possuía: sua condição racional. Conseguia pensar claramente e decidiu usar essa capacidade para lidar com a situação.

Buscou estabelecer princípios que ordenariam sua busca de alguma sustentação para lidar com tantas ausências. Recebia de todos a expressão de estranheza e tristeza; pareciam lamentar o infortúnio que o separara de uma vida tão feliz e repleta. Resolveu, portanto, aceitar a ideia de que a vida que tinha antes era a que havia escolhido e que, se a ela conseguisse se reconectar, reestabeleceria o caminho para a felicidade. Isso parecia também ser a expectativa das pessoas que o cercavam, e tudo indicava que teria apoio no caminho.

Assim, decidiu que não se permitiria chorar por sua situação, que olharia para seu passado procurando manter uma postura de esperança, determinada pelas oportunidades que estavam postas, e pelas quais iria lutar com todas as suas forças.

DOIS

O primeiro passo foi tomar conhecimento da história básica de sua vida. Tinha 62 anos de idade. Seu nome, Rodrigo. Filho de um casal de comerciantes: Pérola, já falecida, e Carlos, que vivia com capacidades muito limitadas. Tinha um irmão, Marcos, três anos mais velho, que dirigia o negócio iniciado pelos pais.

    Casara-se com Marta, a quem conhecera na escola. Juntos ingressaram no curso de Direito. Soube que nunca cogitou trabalhar no negócio da família e que Marta e ele, depois de uma experiência bem-sucedida em uma casa renomada, constituíram seu próprio escritório de advocacia. Tudo indicava que em ambos, casamento e escritório, havia se dado bem.

    Tinham três filhos. O mais velho, Eduardo, 36 anos, médico, divorciado, vivia só e parecia sempre tomado por sua atividade profissional. Morava em um apartamento muito próximo dos pais, mas não os via com frequência.

    A filha do meio, Carla, estudara Economia e sempre se interessou pelo mercado financeiro. No trabalho, conheceu seu marido, Heitor, e tinham duas filhas pequenas: Laura, de 6 anos, e Cecília, de 4, suas únicas netas.

Sua filha mais jovem, Marina, tinha 29 anos e estudou Psicologia. No momento, com grande esforço, buscava sua independência pessoal e profissional, mas ainda gravitava bastante em torno da casa dos pais. Era plena de energia e estava sempre em movimento. Rapidamente, Rodrigo aprendeu que o convívio com ela lhe trazia grande prazer.

Nos primeiros dias após seu retorno, concentrou-se em observar todos os registros fotográficos familiares, um atalho que lhe pareceu importante. Surpreendeu-se ao perceber que, apesar de não se lembrar de nada do passado retratado naquelas fotos, conseguia reter facilmente toda nova informação.

Morava no bairro dos Jardins, em São Paulo, em um apartamento amplo que ocupava todo o sétimo andar do edifício. A sala podia acomodar um grupo grande de visitantes. No espaçoso quarto do casal, tanto ele como Marta dispunham de uma área de armários e de um banheiro individual. Dos outros quartos, um era usado como escritório para Marta, outro como escritório para ele, e o quarto de Marina ainda estava montado, embora a caçula não morasse permanentemente lá.

Pouca informação obteve a partir da decoração da casa. Era óbvia a condição financeira favorável da família, mas os móveis não mostravam uma personalidade especial. Cores neutras, ambiente sóbrio, com poucos objetos decorativos. Distribuídas pelo espaço, fotografias de filhos e netas no limite adequado.

Interessante como o espaço desde logo lhe pareceu familiar. Quando voltou e explorou a vista da varanda da sala, sentiu como se essa fosse conhecida e estivesse bem registrada.

Pessoas da família comentavam com surpresa como ele escolhia, por vezes, os mesmos lugares para ficar onde tinha o hábito de permanecer antes de sua doença. Este equilíbrio, entre uma recorrência inconsciente e a sensação de mudança, era um tema que se apresentaria constantemente a partir deste momento.

TRÊS

Marta foi a primeira pessoa que Rodrigo viu ao despertar. Aquele encontro, ou reencontro, estava marcado nele firmemente. A visão de uma mulher bonita, elegante, que, apesar das marcas bem visíveis de cansaço, de imediato lhe passara uma grande segurança. Ficou-lhe um registro bem vivo de sua explosão de alegria ao vê-lo, a frustração pelo desencontro de olhares, as perguntas sem respostas e, em seguida, mesmo ela se esforçando para não o demonstrar, de uma profunda decepção ao perceber a efetiva ausência dele.

Nos primeiros dias, Marta se esforçou por contagiar a todos com otimismo sobre a transitoriedade da situação. Porém, quando entenderam que não seria o caso, aceitou o destino e, em nenhum momento, permitiu-se transparecer alguma fraqueza ou dúvida.

Certamente, essa postura inicial dela foi um elemento importante a movê-lo na direção do reencontro do Rodrigo que todos os outros esperavam. No dia em que ele pediu à esposa que começasse a contar a história de ambos, viu por alguns segundos lágrimas correrem dos seus olhos, mas ela rapidamente as secou e voltou a exibir seu sorriso corajoso.

Marta disse que havia pensado bastante na melhor forma de contar "a história de vida deles". Propôs que trabalhassem de modo sistemático, para o que ela organizaria as conversas em torno de fotos e imagens gravadas do passado. A força, a determinação e a confiança que Marta transmitia ajudavam Rodrigo a manter a segurança possível em uma situação em que dramaticamente precisava de amparo. A crença dela de que, pelo compartilhamento das informações, ele poderia se reapropriar do passado e com isso reestabelecer os vínculos esquecidos oferecia um caminho de possibilidades.

Logo pôde descobrir a individualidade das visões. Ao rever as mesmas imagens e falar das mesmas situações com pessoas diferentes, obtinha interpretações distintas da situação em si, da atuação dele e de outros personagens. Percebeu a ampla variedade dos adjetivos usados pelos interlocutores para definir momentos e pessoas. Esse processo pôs em questão sua ingênua confiança no sucesso da trilha escolhida.

Como ele estabeleceria a sua história, como faria a mediação das diferentes versões? Se as diferenças podiam ser vistas como sutis, estava claro que as implicações eram de grande importância. Mudavam a visão dos fatos, das pessoas e muito significativamente a de si mesmo. Se sua posição na narrativa de cada evento mudava, se seu papel era visto diferentemente pelos vários participantes, como poderia chegar mais próximo de seu alvo? Ao entender que as percepções de cada um eram iluminadas pelas experiências e expectativas passadas de cada pessoa, questionou se esse caminho o levaria a si mesmo, ou se as novas vivências o levariam a outro lugar.

O resultado foi o medo de como iria perceber e ser, então, novamente percebido, como as vidas voltariam ou não a se encaixar.

QUATRO

De todos ouvira a história de sua relação com Marta. Em várias ocasiões pareciam existir quase exclusivamente como dupla. Soube que foi um rapaz determinado, mas tímido. Não solitário, porém de poucos relacionamentos.

Marta ingressou na sua escola para o ciclo que chamavam na época de colegial, aprovada em um exame de admissão concorrido. A situação financeira da família dela era bastante mais apertada que a da sua. O custo da escola tinha impacto no orçamento, mas a educação dos filhos era uma prioridade assumida e constantemente verbalizada pelos pais.

A reação de Marta à cultura familiar foi desenvolver um grande senso de responsabilidade. Adaptou-se bem à escola, tinha bons resultados nos estudos e fez amigos. Não eram da mesma turma no primeiro e segundo anos. Aproximaram-se nas reuniões de análise vocacional, quando descobriram que apenas eles dois e uma garota se encaminhavam para o curso de Direito. O relato consagrado era que Rodrigo teria se interessado por Marta antes que ela por ele.

Como no horizonte dela a única alternativa era ser admitida na universidade pública, engajou-se em um intenso esforço focado nesse objetivo. Ele, talvez movido por uma agenda diferente, juntou-se ao projeto e fizeram o curso pré-vestibular juntos. Aparentemente, a convivência com Marta transformou a disciplina de estudos de um exercício a uma atitude pessoal. As imagens do período mostravam muita parceria, vivida com leveza, tranquilidade e alegria. Ficavam muito tempo juntos, fazendo exercícios, preparando-se para testes, dividindo tarefas. O sucesso de ambos foi resultado de um esforço conjunto, como testemunhado por uma foto, a primeira das duas famílias reunidas, em uma pizzaria, comemorando o resultado no vestibular.

Já eram namorados quando entraram no curso de Direito. Os primeiros anos de faculdade foram, entretanto, um período difícil para o relacionamento deles. Marta tinha grandes expectativas para sua vida universitária. Não perdeu a objetividade perante os estudos, mas queria conhecer novas pessoas, novas ideias, novos estilos de vida. Rodrigo manteve seu jeito mais reservado e um pouco mais distante. Motivava-se para o estudo e aumentou sua dedicação ao esporte. Não conseguiu acompanhar Marta na vida social da universidade.

Em um momento, por iniciativa de Marta, decidiram encerrar o namoro, mas Rodrigo fez questão de se manter próximo e conseguiu que ainda conservassem uma rotina de estudos juntos. O que lhe pareceu como o melhor retrato desse período era uma foto na festa de aniversário dela, ele com um olhar chocho, fitando a distância a moça alegre e cercada de pessoas.

Trabalharam em diferentes escritórios, ambos pequenos, no segundo ano da faculdade. No início do terceiro ano, Rodrigo conseguiu entrevista para um estágio em outro lugar, que não era uma empresa grande, mas gozava de muito prestígio. Foi admitido na prática tributária como almejava, e poucas semanas depois lhe pediram que recomendasse uma pessoa para outro departamento. Não demorou muito para que Marta começasse a trabalhar no mesmo escritório, na área de direito comercial.

A proximidade no trabalho reestabeleceu o relacionamento amoroso deles. Ao concluírem a faculdade, foram convidados a permanecer no escritório, agora como advogados. Quando informaram o plano de se casarem no ano seguinte não surpreenderam ninguém.

O escritório em que trabalhavam tinha uma política que, visando à preservação de um ambiente totalmente profissional, impedia que membros da mesma família trabalhassem na empresa. Combinaram, então, que ambos procurariam alternativas de trabalho e, de acordo com o que aparecesse, decidiriam quem ficaria onde estava. Foram surpreendidos, entretanto, por um convite pleno de reconhecimento especial e de carinho para que os dois lá continuassem, e o aceitaram.

Os primeiros anos de casados foram de trabalho intenso. Ambos continuaram estudando e concluíram rapidamente os seus programas de mestrado. Marta lhe contou que foi um período muito gostoso da vida deles. Não por eventos especiais, que o marcassem ou definissem, mas pelo sabor de terem vivido os desafios da época juntos e bastante próximos.

Não tinham tantas fotos daquele tempo, mas a descrição foi viva a ponto de possibilitar que se transportasse para lá. O relato era de uma vida puxada, estavam sempre ocupados, com uma rotina bem estabelecida, mas que sempre se encontravam com um sorriso. Durante a semana, além das longas horas no escritório, havia a carga adicional das noites dedicadas às aulas e aos trabalhos acadêmicos. Os finais de semana de forma nenhuma eram de todo livres; as manhãs de sábado eram reservadas para compras e tarefas práticas, atividades que dividiam de modo que cada um pudesse acomodar as demandas adicionais de trabalho e estudo. Chegada a noite, davam-se ao direito de algum lazer, tipicamente uma ida ao cinema, os dois ou com um casal de amigos.

Marta classificou os domingos da época como o dia da morgação, uma definição curiosa e simpática quando dita pela mulher que se via hoje. Ficavam até tarde na cama, esqueciam-se das pressões do dia a dia, e só saíam de casa pela hora do almoço. Almoçavam alternadamente na casa dos pais de cada um. Rodrigo sempre queria voltar para casa a tempo de ver ou ouvir o jogo de futebol, o que gostava de fazer só, em algum canto da sua casa. Era santista e seu humor se alterava de acordo com os resultados do time. Marta aproveitava o momento para pôr o sono mais um pouco em dia e ler algo de livre escolha. A despedida do final de semana, nas noites de domingo, incluía de costume mais um filme e uma pizza ou sanduíche, com amigos. Tudo muito simples e despretensioso, mas vivido em um ambiente de afeto livre e autêntico.

Tiveram Eduardo e Carla em menos de dois anos. A primeira infância deles foi coberta por muitos registros. Fotografavam muito as crianças e as situações. Já na primeira gravidez, investiram na compra de uma câmara de videocassete, o que para eles foi um grande luxo. Filmavam os momentos normais, em que testemunhavam os feitos e eventos que sempre lhes pareciam extraordinários. A mamada no peito, a mamadeira de suco rapidamente liquidada, a lambança com a introdução de comida sólida, o engatinhar, o andar, as palavras começando com muita graça a ser articuladas.

Interessante ver que fotos e filmes mostram uma participação grande de ambos nos cuidados com os filhos. Havia uma especialização de tarefas. Rodrigo pouco se envolvia nos assuntos relacionados com alimentação, mas em arrotos, troca de fraldas e banhos era campeão. Marta também contou como na época ela era particularmente grata por Rodrigo ser sempre o primeiro a atender os chamados noturnos das crianças.

Um fato que lhe chamou muito a atenção, quando repassava esse período, foi a diferença de participação das famílias de cada um na vida deles. Enquanto seus pais apareciam mais em fotos posadas, a presença dos sogros, Adolfo e Sônia, era muito mais constante. Dona Sônia estava muitas vezes envolvida com cuidados, manipulando os bebês com conforto e intimidade. A irmã mais nova de Marta, Denise, estava lá a todo instante, já seu irmão, Marcos, mal aparecia.

Durante a primeira infância de Eduardo e Carla, soube que Marta se afastou do escritório. Além de se dedicar mais às crianças, aproveitou para concluir o doutorado. Desde essa época tinha concentrado seus estudos em direito de família.

Como forma de gradualmente se aproximar de sua vida profissional, Rodrigo tentou reler, ou talvez, para a sua condição atual, seria mais correto dizer que tentou ler os trabalhos acadêmicos de ambos, mas tudo lhe parecia proveniente de outro universo, com o qual ele mal conseguia estabelecer conexão. Na realidade, algumas partes dos estudos de Marta conseguiam despertar-lhe algum interesse. Seus próprios trabalhos, sobre questões bastante técnicas de tratamentos tributários, não podiam lhe parecer mais distantes. Na verdade, naquele momento, interessara-lhe mais o agradecimento incluído na publicação da tese. Rodrigo pôde ver Marta chamá-lo de seu estimulador, primeiro leitor, debatedor e revisor.

Um personagem especial aparecia em vários ambientes e situações. Marta fez com que soubesse da influência marcante do Dr. Caio. Estava na cerimônia de conclusão do curso de graduação, aparecia nos eventos sociais do trabalho, era claramente o centro da turma do escritório nas festas de fim de ano. Era visto visitando Marta na maternidade também. Com essas fotos estavam arquivados, no mesmo álbum, sua nota de falecimento e obituário.

Marta mal havia retornado ao escritório quando a doença do Dr. Caio foi diagnosticada. Ele não era mais velho na ocasião do que eles eram hoje. No princípio todos estavam esperançosos de que, após afastar-se para fazer o tratamento, ele voltaria para o escritório, para o papel que sempre tivera. Infelizmente a doença se desenvolveu depressa e ele não voltou. Seu falecimento foi um marco divisor na carreira de ambos. Não havia, entre os sócios do escritório, ninguém que pudesse ocupar seu lugar. Embora não faltasse competência aos outros sócios, era Caio quem estabelecia a conexão entre eles e administrava conflitos, evitando competição excessiva.

Para Marta e Rodrigo, era mais do que um chefe. Preenchia, de forma paternal, um papel de mentor, que desafia e incentiva. Dava a eles tranquilidade de que os temas do escritório seriam sempre tratados com transparência e justiça. Em toda a experiência deles, no tempo do Dr. Caio, nunca tiveram alguma questão de divisão de trabalho, remuneração e participação que não tivesse sido adequadamente tratada.

O desamparo pelo seu falecimento e os conflitos entre os sócios começados imediatamente os levaram a buscar um caminho solo. O movimento parecia um pouco precoce, arriscado, mas o vínculo afetivo com o escritório se rompera. Não houve brigas e mantiveram um relacionamento, se não de amizade, de respeito e camaradagem com muitos parceiros dessa época.

Investiram toda a sua poupança na montagem do escritório. Marta lhe contou com emoção que, desde que se casaram, trataram seu dinheiro por igual, tinham uma só conta conjunta e sempre concordavam na definição das prioridades financeiras. Instalaram-se em um ambiente bastante cuidado, mas simples, e montaram uma pequena equipe. A única pessoa que veio do escritório antigo foi Luís André, que seria responsável por todos os temas operacionais e administrativos. Foram surpreendidos, logo no início, pelo prestígio de alguns clientes, que, além de transferirem seus assuntos para a nova empresa, passaram também a indicá-los.

Pouco mais de um ano depois do início das operações, sem que tivessem isto em seus planos, Marta engravidou da terceira filha. Desta vez, seu afastamento foi mínimo, trabalhou até quase o dia do parto. Quando Marina fez um mês, Marta começou a ir diariamente ao trabalho, acompanhada de uma babá. Almoçava em casa, com os dois pequenos, que passavam a manhã na escola e a tarde na casa dos avós, Adolfo e Sônia. No final da tarde, Rodrigo os apanhava e os trazia para casa.

Rodrigo pôde entender que, por qualquer caminho que percorresse, seja acessando a vida do casal naqueles tempos, que poderiam ser chamados de estabelecimento das fundações das suas vidas profissional e familiar, seja pelo caminho que fosse, encontraria sempre evidências de uma profunda parceria, de um projeto de vida que parecia totalmente conjunto.

CINCO

O irmão o visitou em sua casa na semana seguinte à saída do hospital. Soube que também o visitara quando ainda estava inconsciente. Contaram-lhe da intensa emoção de Marcos e de seus olhos em lágrimas ao vê-lo naquele estado. Já este encontro foi muito diferente. Ele chegou em uma noite em que apenas Marta também estava em casa.

Rodrigo já reconhecia um modelo destes momentos. O primeiro impulso de quem chegava era se aproximar com intimidade, buscar o contato físico, o abraço, expressar emoção, para logo em seguida perceber a divergência de experiências. Seu irmão, no entanto, cumprimentou-o com formalidade, sentou-se a certa distância e fez perguntas protocolares. Visivelmente desconfortável, mudava de posição na poltrona seguidamente.

Depois de alguns minutos, Marta perguntou se queriam algo para beber, uma água, um suco ou um refrigerante. Mediante a resposta negativa, disse que iria reler uma peça de trabalho no escritório, assim teriam a oportunidade de conversar mais livremente.

Rodrigo tomou a iniciativa, contando como estava buscando recuperar e retomar sua história. Falou da ideia de repassá-la a partir de imagens, mas que no material que tinha em casa não encontrou muitas referências ao seu único irmão e à sua família. Sabia que a mãe deles não estava mais viva há alguns anos e que seu pai estava em estado de acentuada demência senil. Concluiu que havia, portanto, fases e facetas da sua vida que só o irmão poderia transmitir a ele.

Foi este o primeiro momento em que Marcos esboçou um sorriso. Contou que havia poucos registros da infância de ambos. Alguns álbuns na casa do pai, mas nada muito rico. Poderiam, sim, ir até lá, e se comprometeu a fazê-lo em alguns dias.

Marcos afundou-se na poltrona e deu uma risada relaxada. Mediante a reação de espanto de Rodrigo, explicou que talvez estivessem perante uma oportunidade única. Não só poderiam recuperar o passado, como talvez pudessem conversar sobre assuntos que na verdade nunca tinham sido ditos. Talvez agora existisse espaço para expressar para o irmão sentimentos que nunca tinha dividido. Por outro lado, estava incerto quanto ao sentido de propor essas questões. Que respostas poderia esperar de Rodrigo em relação a uma vida da qual ele foi, de maneira tão desafortunada e tão súbita, afastado?

Rodrigo o encorajou. Não tinha expectativa de reaver suas vivências antigas; a única maneira pela qual poderia se conhecer, ou se reconhecer, seria pelas marcas que por ele foram criadas. Contou sobre um pensamento que lhe vinha constantemente à cabeça, de que iria reconstruir seus pés a partir das informações que lhe forneciam suas pegadas. Marcos disse-lhe, então, que viera para uma visita breve, despediu-se e, meio sem jeito, o abraçou.

Na quarta-feira seguinte, conforme marcado, Marcos o buscou de tarde e foram juntos à casa do Sr. Carlos. O cuidador os levou para a sala onde estava o pai. O velho senhor estava sentado, coberto por uma manta quadriculada, com os olhos praticamente fechados. Marcos se aproximou e beijou o rosto do pai, que quase não reagiu. A seguir, pediu que Rodrigo se aproximasse e sentasse na cadeira colocada bem junto à poltrona do pai.

Enquanto Marcos se dirigia ao pai, narrando a visita, obviamente sem esperar qualquer reação dele, Rodrigo fixava o olhar naquele senhor, aparentemente ao menos, de todo ausente. Parecia que neste momento o seu vazio encontrava um paralelo, até que seu pai começou a tocar sua mão direita. Ele movia os dedos de forma carinhosa, contínua, como se reconhecesse um espaço completamente familiar. Marcos parou de falar e não conteve as lágrimas.

Pouco tempo depois, o pai adormeceu. O filho mais velho e o cuidador o conduziram até o quarto. Quando o irmão retornou, mostrou para Rodrigo uma pequena pilha de álbuns, que usaria para a conversa deles. Marcos começou sua narração baseando-se nas imagens, mas logo passou a falar mais livremente. Falava rápido as palavras que estavam acumuladas há muito tempo, já preparadas para sair.

Relatou que viveram juventudes muito diferentes. Ele sempre foi mais agitado que Rodrigo. Era um menino que os outros achavam simpático, era sociável, mas na escola tinha dificuldades de concentração e problemas de disciplina.

Na perspectiva de Marcos, Rodrigo era quem atendia às expectativas dos pais. O irmão mais novo sempre foi considerado muito bonito. Era alto, bom esportista, bom aluno, focado. Na visão de Marcos, entretanto, Rodrigo passava um quê de frieza e competitividade em qualquer situação.

Os problemas de Marcos se agravaram na adolescência. Começou a beber cedo e em excesso, também se viciou em maconha, fumava muito e diariamente. Seu desempenho escolar piorou, repetiu de ano, mudou de escola, não se adaptou, repetiu de novo. Aceitou tratamento aos 19 anos. Começou o curso de Administração em uma faculdade de segunda linha, no mesmo ano em que o caçula entrava no curso e na faculdade que queria.

O relacionamento entre eles era distante e tenso. Marcos contou que se ressentia da ausência do irmão, que, se não o criticava ou conflitava com ele, transmitia-lhe indiferença, percebida como desprezo, o que era ainda mais difícil para ele.

A distância entre os dois não diminuiu quando Rodrigo começou a namorar Marta. Marcos nunca sentiu um movimento de aproximação ou interesse por parte dela ou deles como casal.

Quando terminaram a faculdade, os pais expressaram a vontade de que atuassem no negócio da família. Tinham uma operação comercial de alimentos que já vivera dias melhores e achavam que precisavam de ajuda. Rodrigo nunca considerou a hipótese e Marcos se viu instado a assumir esse papel.

O começo foi muito difícil. O pai estava acostumado a um protagonismo total. Mesmo a mãe, Dona Pérola, tinha dificuldade de se fazer ouvir. O mesmo se dava com Marcos, apesar da seriedade e intensidade com que abraçou o trabalho.

Também foi difícil lidar com o fato de que mesmo anos depois, enquanto Marcos se dedicava totalmente à empresa, ainda havia situações em que o Sr. Carlos fazia questão de ouvir a opinião de Rodrigo antes de decidir. Mesmo que, com franqueza, Rodrigo nunca tivesse mostrado qualquer interesse por participar.

Trinta anos atrás, em um momento de pressão nos negócios, Marcos convenceu o pai a tomar uma direção nova. Como tinham problemas de competividade em São Paulo, deveriam investir em outra região, onde pudessem conquistar uma posição diferente. O Sr. Carlos concordou, desde que o acompanhamento local dos negócios fosse responsabilidade de Marcos. Este escolheu o litoral norte de São Paulo como área de investimento. Acreditava no inexorável deslocamento do turismo de praia naquela direção. Compraram a princípio duas pequenas mercearias em praias próximas e investiram na modernização e crescimento dos negócios. Marcos passava grande parte da semana lá. Tudo tinha sido mais difícil e mais lento do que imaginava, mas o sucesso final era inegável. Hoje, tinham meia dúzia de operações de bom tamanho e lucrativas.

Marcos casou-se dez anos após Rodrigo. Fora totalmente apaixonado por Patrícia, um relacionamento intenso, mas cheio de brigas. Seus interesses eram bastante diferentes. Tiveram dois filhos homens. Separaram-se quando Felipe tinha 14 anos de idade, e Pedro, 8 anos. Patrícia ficou com a guarda dos meninos e retornou para Belo Horizonte, onde os pais dela viviam.

Ao falar sobre os filhos, Marcos fez questão de voltar às fotos e as mostrava com grande orgulho. Contou como a separação foi um momento muito duro, nunca se sentira tão só. A mãe, que sempre lhe dera suporte emocional, tinha morrido um ano antes, vítima de um tumor devastador. Temeu de verdade naquele momento perder o chão, mas encontrou motivos para continuar.

O pai, por seu lado, abateu-se enormemente com o falecimento da esposa. Apesar de toda a sua energia e autoridade, sempre foi claro que era Pérola o centro emocional do casal. Viúvo, sua saúde se deteriorou, ele se fechou em casa e reduziu muito seus interesses. Foi crescentemente demandando mais cuidados. As fotos mostravam a transformação física do pai, o apagar dos seus olhos. Mostravam também a presença constante de Marcos ao seu lado.

Tinham de terminar a conversa. Já anoitecera, passara da hora combinada para Rodrigo voltar para casa. Marcos estava visivelmente emocionado. Revelou que nunca tinha tido uma conversa tão extensa com o irmão, nunca o sentira tão atento e interessado ao que expunha e ao que sentia. No caminho de volta, Marcos contou a Rodrigo que há pouco mais de dois anos tinha uma namorada na praia. Carinhosamente mostrou a foto de Mariana e disse que era a primeira vez que lhe falava dela. Rodrigo, antes de adoecer, não a conhecia.

SEIS

Saiu do hospital para sua casa em um domingo. No carro, dirigido por Marta, veio com eles um jovem psicólogo. Beto estava acostumado ao trabalho de assistente terapêutico de pessoas com algum tipo de dependência. Obviamente não tinha experiência em situações semelhantes à de Rodrigo, mas vinha com muito boas indicações.

Logo ficou claro para todos que Rodrigo precisaria de muita ajuda. Os desafios eram muitos. Não se podia antecipar naquele momento qual seria sua dificuldade de reintegração, como conseguiria se readaptar às convenções sociais e que dificuldades teria para readquirir as habilidades básicas do dia a dia. Antes de tudo, era difícil prever sua resiliência e qual seria nele o impacto psicológico de toda a situação.

O recrutamento de Beto foi rápido, porém muito cuidadoso. O neurologista que acompanhou Rodrigo no hospital foi o coordenador da busca, e uma psicóloga experiente, que tinha sido professora de Marina e a atendia em situações de supervisão, também se envolveu. O processo se afunilou entre dois candidatos, que foram entrevistados por Marta e Marina. Ambos foram apresentados a Rodrigo, mas ele não tinha condições de opinar muito a respeito naquele ponto. Todo esse processo correu a tempo de que Beto, o escolhido, pudesse estar com eles já naquele dia, na saída do hospital.

Embora a experiência estivesse fortemente fixada em sua memória, era até difícil para Rodrigo revivenciar o que se passava dentro dele, naquele carro, voltando para um lugar de onde não sabia ter saído. Ficaram os três em silêncio quase pelo caminho inteiro, o olhar voltado à janela, como a buscar algum ponto de maior conforto, todos sem saber bem o que esperar para os próximos dias. Quando se aproximaram do apartamento, Marta, ao volante, passou a dar algumas instruções práticas para Beto, que, de certa forma, eram também para ele, Rodrigo.

O planejado era que Beto ficasse com eles durante três meses, de segunda a sexta, dormindo no trabalho inclusive. O neurologista tinha preocupação de que Rodrigo pudesse acordar durante alguma noite muito desorientado. No primeiro final de semana, Beto ficaria de plantão e teria assim doze dias seguidos de trabalho no período mais crítico. Depois, nos finais de semana seguintes, julgavam que Marta e a família teriam mais condições de lhe prover os cuidados necessários.

Quando chegaram no apartamento, ficou combinado que Beto e Rodrigo se instalariam no quarto de Marina. Era um cômodo de bom tamanho, mas não tão grande para dois homens adultos. Beto dormiria numa bicama, que fora ali colocada no passado, para que a filha na adolescência pudesse receber amigas.

Marta tinha arrumado parte das roupas do marido em um dos armários, no roupeiro do quarto, e deixado uma porta livre para que Beto pudesse guardar as suas coisas. Beto ajudou Rodrigo a se instalar, bem como a vestir a roupa que a esposa havia separado para a ocasião e colocado sobre a cama.

Logo chegaram os convidados para o almoço dominical. Vieram os filhos, o genro e a cunhada. Carla e Heitor preferiram não trazer as netas, que ficaram na casa de amigos.

Antes do almoço, Beto lhe disse que se sentaria a seu lado. Explicou que Rodrigo provavelmente não se lembraria dos códigos de conduta à mesa, e o mais confortável seria que imitasse o cuidador, caso se sentisse sem referência.

Rodrigo teve enorme dificuldade de acompanhar o que ocorria naquele almoço. Depois dos cumprimentos e da atenção inicial a ele, a mesa passou a seguir uma dinâmica própria. As conversas se cruzavam e os assuntos mudavam rapidamente. Rodrigo se sentiu como um estrangeiro que não conhecia a língua. Quando sua cabeça doía e a visão se turvava, pediu licença para se levantar antes da sobremesa.

Hoje, pensando na situação, conseguia imaginar os diálogos que se seguiram. Naquele dia, adormeceu logo depois e só foi acordar na manhã seguinte, bem cedo. Bastou ele se levantar para que, ao ouvi-lo, Beto despertasse e se levantasse. Fez uma preleção longa para a qual Rodrigo não conseguiu reter a concentração, tendo se dispersado em grande parte dela. Uma intuição, entretanto, tinha lhe ficado: Beto dispunha de um plano, um roteiro de trabalho, e o melhor a fazer era confiar e se deixar conduzir.

À mesa, além de ser reapresentado à etiqueta, teve de voltar a distinguir os alimentos e confirmar as suas predileções. Os procedimentos de cuidados e higiene foram reinstalados.

Pelas manhãs, tomava café com Marta e, quando ela saía para o escritório, começava a sua sessão de trabalho, ou terapia. Beto sempre iniciava definindo o programa e os objetivos do dia. Uma das metas dos primeiros dias era o reconhecimento da área e do entorno. Caminhavam ou iam de carro na direção de lugares importantes na vida de Rodrigo, como as casas dos filhos, do pai, da sogra, o clube, o escritório, o consultório dos médicos que o acompanhavam, o salão onde cortava os cabelos e tantos outros lugares. Depois do passeio, a responsabilidade de Rodrigo era colocar os lugares visitados nos mapas ou fazer um mapa novo. A lista das habilidades que tinha de readquirir era extensa, mas ele próprio ficou surpreso com a velocidade da recuperação do automatismo na maior parte das atividades.

Não era em tudo que podia depender só de Beto para seu reaprendizado. Para adquirir a confiança necessária em algumas atividades, precisou de reforço especializado. Assim, quando já tinha de volta o sentido de localização, embora sua carteira de habilitação ainda fosse válida, começou um treinamento na autoescola. Na realidade, precisou de poucas aulas para dirigir com segurança.

Também para a atividade esportiva, que era parte importante de sua rotina passada e extremamente recomendada no momento atual, precisou da ajuda de técnicos especialistas. Encontrá-los foi mais fácil para esportes como tênis e natação, para os quais há professores disponíveis e procedimentos claros de iniciação e treinamento.

Mais complicado foi encontrar o caminho para treinamento de habilidades básicas, como andar de bicicleta, em que o pressuposto é de um aprendizado independente na infância. As bicicletas começaram a intrigá-lo desde sua chegada do hospital. Viu que tinha mais de uma, com equipamentos que lhe pareceram de qualidade, e deduziu que deveria ser uma atividade importante para ele. Conversou com Beto, que, como para todos os outros objetivos, pensou em uma elaborada estratégia de aprendizado que acabou por funcionar muito bem.

Todos esses pequenos desafios terminaram de modo semelhante. Em todas as situações, ele recuperou seu nível anterior à doença antes do esperado. Muito desse sucesso foi fruto da atitude de Beto, a quem nunca poderia agradecer o suficiente. Ele mesclava uma calma invejável com ousadia, assumindo sempre que Rodrigo retomaria todas as suas capacidades. Para tudo fixava pequenas metas de sucesso progressivo, que tinham o condão de motivar o paciente a avançar.

As tardes começavam com um pequeno descanso após o almoço, algo próximo de trinta minutos. Essa parada fora indicada pelo neurologista e, de fato, Rodrigo sentia necessidade dela. Se por acaso pulasse esse descanso, sentia bastante a sua falta. Depois da pausa, em todos os dias de semana, havia espaço no programa de Beto para alguma atividade esportiva, o que era também um momento de descanso para o próprio terapeuta.

Uma surpresa agradável para todos foram as capacidades de leitura e escrita terem permanecido preservadas. A princípio, apresentou alguma dificuldade com a digitação e foi necessária a ajuda de Beto para utilizar celular e tablet, mas já na escrita à mão ele tinha total conforto. Lia com facilidade, sem perda de vocabulário.

Rodrigo tinha muito prazer nas conversas com Beto em torno da leitura, que faziam juntos, dos jornais e revistas ou sobre noticiários na TV ou no rádio. Sentia-se reencontrando seu lugar no mundo, lentamente recriando e formatando as opiniões. Era grato pelo respeito com que Beto o tratava e pelo seu cuidado de neutralidade, de não tentar impor sua opinião.

Muitas vezes, Rodrigo tentava tornar as conversas mais pessoais. Indagava da vida, da história de Beto, dos seus relacionamentos e de seus valores. O jovem evitava esses assuntos, repetia que o centro da relação deles era o paciente e seu desenvolvimento, por isso preferia não trazer nada que pudesse criar algum ruído. Rodrigo não sabia se essa explicação o convencia, nem se a postura era produto do pensamento de Beto ou de alguém envolvido na sua reabilitação. De toda forma, o resultado era o mesmo, uma relação com alguém que se tornou muito importante para ele, cuja dimensão humana captava apenas de forma fragmentada.

Ao final, os três meses contratados com o terapeuta foram suficientes para o tratamento alcançar o que se planejou. O momento da saída de Beto foi, entretanto, bastante difícil. Rodrigo sabia que não poderia depender desse apoio para sempre, mas a situação era-lhe ainda muito confortável.

Rodrigo tinha desenvolvido uma sincera afeição por Beto. Gostava da sua atitude, do seu empenho no trabalho. Estava sempre disposto e de bom humor. Mantinha-se focado para que cada momento tivesse significado e utilidade, ao mesmo tempo em que conseguia preservar bastante leveza. Gostava da preocupação do terapeuta em entender seus limites a cada instante e do respeito com que trabalhava suas possibilidades e dificuldades. A saída de Beto deixava em Rodrigo um vazio emocional e o desafio de, a partir daquele momento, ele próprio definir a sua agenda.

SETE

Marta se manteve informada e envolvida em todas as atividades de Rodrigo. A pressão sobre a esposa era grande. Trabalhava intensamente no escritório, que agora liderava sozinha. Saía cedo de casa, nunca voltava para almoçar e só chegava no princípio da noite. Nada disso impedia que ela estivesse totalmente envolvida com a recuperação de Rodrigo. Sempre ao chegar queria ouvir relatos de Rodrigo e de Beto sobre os feitos do dia. Durante várias noites, sentados em torno das fotografias, ela contou suas histórias de vida.

Rodrigo, porém, sentia que durante aqueles noventa dias, apesar de toda a atenção que recebeu, raramente tiveram uma conversa mais pessoal, em que compartilhassem os sentimentos. Sentia-se muito agradecido a Marta pela segurança que transmitia a ele, pelo esforço para liderar e administrar o percurso, mas não podia negar que percebia uma certa distância dela e até um certo receio. Temia não atender às suas expectativas, e nunca mais vir a ser o marido que ela talvez esperasse de volta.

Logo após a despedida de Beto, Marta propôs que Rodrigo voltasse para o quarto do casal, e assim ele fez. No quarto, tinham uma televisão de tela grande, na qual ela gostava de assistir a uma variedade de programas do canal de notícias. Raras vezes conversavam sobre o conteúdo, como fazia com Beto. Naquela hora, Marta frequentemente tinha que ler algum material de trabalho, ou se afastava um pouco para falar ao telefone.

Rodrigo, a princípio, sentia-se um pouco estranho, como se fosse um visitante permanente. Numa noite, passada uma semana, talvez um pouco mais de sua volta ao quarto, Marta pediu que ele tomasse um comprimido azul. Contou que sentia falta da vida sexual de antes da doença, e que Rodrigo costumava fazer uso daquele remédio.

Naquela noite Marta ao desligar a TV se aproximou carinhosamente de Rodrigo. Explorou o seu corpo com familiaridade, tocou-o com destreza e conduziu todos os passos da relação. Depois do gozo, beijou-o e se afastou. Parecia tranquila, o rosto com uma expressão nova para ele. Rodrigo, por sua vez, adormeceu satisfeito, relaxado.

Nas vezes seguintes, Rodrigo procurava estar cada vez mais atento à sua mulher, explorar suas preferências, alongar esses momentos. A expressão que via no rosto dela o iluminava.

Marta contou que iria trocar o remédio por um outro, que ele tomaria todos os dias com a medicação, a fim de aumentar a naturalidade da relação entre eles. Mesmo assim Rodrigo sempre esperava a aproximação dela, cuja frequência foi lenta e suavemente diminuindo.

Um dia se armou de coragem e perguntou a ela como estava o sexo entre eles, se era parecido com o que viviam antes. Para sua surpresa, ela lhe respondeu que o sentia até mais próximo e mais solto que nos últimos anos, mas logo quis encerrar a conversa.

OITO

O grande bônus da saída de Beto foi a maior presença da filha mais nova na casa. Seu quarto ficou livre de novo e ela, quase todos os dias, em alguma hora, aparecia por lá. Às vezes sua presença coincidia com algum período em que Rodrigo saíra para um compromisso, como esportes ou tratamentos. Quando isso acontecia, ele se sentia bastante frustrado, mas estava consciente de que manter certa dose de rotina era fundamental.

Marina morava em um apartamento no Itaim, que dividia com duas amigas. Foram necessários algum tempo e muitos pedidos para que ela o levasse para conhecê-lo. Sua visita deve ter sido bastante preparada. Quando chegou, tudo estava limpo e em ordem, a cozinha brilhando, e as duas amigas o esperavam na sala. Serviram-lhe bolo e refrigerante. O quarto dela estava arrumado, em contraste com o de sua casa, onde podia alegremente pressentir a presença da filha pelos livros e pelas coisas espalhadas, que traziam vida àquele ambiente.

As idas de Marina à casa dos pais eram frequentes e por motivos variados. Um dos seus empregos era em uma escola, onde trabalhava com a responsável pelo departamento de orientação pedagógica, também psicóloga. Sua dedicação horária era de meio período, quatro dias da semana, em horários irregulares. O trabalho incluía suporte a professores e orientadores, além de eventuais encontros com alunos e pais em situações que requeriam acompanhamento ou que o aluno fosse encaminhado a profissional externo.

Marina era ex-aluna da escola, gostava do sistema de atendimento e o conhecia bem. Dizia-se satisfeita com esse emprego, embora o visse tendo mais sentido neste estágio da sua vida profissional. Seu objetivo de longo prazo era a prática no consultório e planejava investir em breve em uma formação em Psicanálise. Por enquanto, para adquirir experiência clínica, estava trilhando dois outros caminhos.

Era voluntária em uma ONG, onde atendia alguns casos e contava com o benefício do aprendizado sob a supervisão de psicólogas mais experientes. Também tinha se registrado em uma empresa que oferecia a conexão entre psicólogos e pacientes para atendimento virtual. A vantagem proporcionada era que a empresa, na experiência de Marina, encaminhava a ela pacientes na escala necessária para ocupar todo o tempo que disponibilizava. Provavelmente o número de pacientes decorria da avaliação de seu trabalho, sempre bastante positiva. Por outro lado, a remuneração era bastante ruim e o ciclo com cada paciente menor que o desejável.

Nos horários de atendimento virtual, Marina procurava estar na casa dos pais, onde via melhores condições de atender os pacientes virtuais do que no apartamento com as amigas. Aproveitava as condições de maior privacidade, mais conforto, melhores equipamentos e wi-fi. Sua atividade on-line e os buracos na agenda na escola já garantiam por si sós sua presença constante em casa. E ela não fazia a menor questão de comer as refeições em outro local.

Rodrigo logo aprendeu que Marina nunca parecia ter muito dinheiro. Pagava suas despesas básicas, mas os pais sempre se envolviam com as extraordinárias. Além disso, tinham um trato de que despesas médicas, terapia e estudos eram de provimento dos pais.

Desde o início, considerando o início como o retorno de Rodrigo à sua vida quando saiu do hospital, a relação dele com Marina se diferenciou das demais. Com todos os outros, a conversa de Rodrigo, mais que tudo, concentrava-se na recuperação da história e do passado.

Com Marina era diferente. Ela sempre fazia questão de conversar sobre os temas e problemas que a mobilizavam no momento. Falava dos desafios, das dificuldades e dos sucessos de sua vida profissional.

Conversava sobre seus planos de desenvolvimento. O relacionamento deles permitia que ela lhe contasse dos sonhos e tropeços de sua vida pessoal.

As perguntas da filha também focavam no que ele vivia e nos seus sentimentos. Ele se sentia mais vivo perto dela, uma sensação confortável de com ela não se parecer com um personagem à procura de um papel. As conversas entre eles provocaram algumas iniciativas que acabaram se mostrando bem importantes.

NOVE

Não lembrava precisamente o gatilho do assunto, mas um dia, quando conversava com Marina sobre alguma experiência no atendimento de seus pacientes, perguntou a ela se julgava que ele pudesse se beneficiar de atendimento psicanalítico. Não sem mostrar um pouco de surpresa, a filha contou-lhe que, antes da doença, tinham conversado sobre o tema e ele nunca manifestara interesse. Depois, opinou enfaticamente que esse caminho teria sido válido antes e também agora.

Rodrigo tinha atentado, em conversas anteriores, que, ao descrever situações dos pacientes, Marina constantemente estabelecia uma relação com vivências e experiências passadas deles. Pensou se, no caso dele, não estaria aí uma grande restrição para a análise. Questionou se não resultaria inviável o trabalho com alguém desprovido de história própria, alguém dono apenas de uma história incorporada, ou, na melhor das hipóteses, reincorporada a partir de terceiros. Sem descartar a relevância da questão, Marina considerou que era um tema que ele poderia tratar com seus potenciais analistas.

Sílvia foi uma das indicações oferecidas por uma das supervisoras de Marina na ONG. A ideia original era que Rodrigo conhecesse algumas alternativas de terapeutas (para maior especificidade, Sílvia se designava como analista) para depois escolher com quem seguiria. Marina queria garantir que seu pai tivesse autoria em todo o processo. Pediu que ele definisse se preferiria um homem ou uma mulher, se tinha preferência por idade do profissional ou se havia outros critério a estabelecer.

Era muito difícil para Rodrigo responder a essas perguntas, mas se baseou em sua intuição. Suas conversas recentes mais relevantes tinham sido com mulheres de diferentes idades, Marta e Marina. Achou, portanto, que uma mulher poderia ser a alternativa mais indicada.

Aconteceu que a única entrevista que fez foi com Sílvia. Ocasionalmente pensava, se fosse idealizar alguém para procurar em sua situação, se a primeira imagem da pessoa seria a dela.

Sílvia parecia um pouco mais jovem que ele. Tinha um sorriso fácil, que encontrava um lugar adequado à maior parte das situações, e estava sempre cheia de energia e disposição. Pelos seus padrões pessoais, Rodrigo não a definiria como uma mulher bonita. Era baixa e um pouco gordinha, seus cabelos pretos enrolados estavam sempre em pequeno alvoroço. Vestia-se com charme, mas sem aquele cuidado, talvez excessivo, que percebia em Marta.

Falava de forma simples e despretensiosa, mas se expressava com precisão e clareza. Raramente perdia o foco no propósito da análise e Rodrigo percebia que ela sempre se cobrava para que a conversa não virasse protocolar e perdesse a relevância. As sessões eram intensas, muitas vezes cansativas e desgastantes, mas ele esperava com ansiedade pelos seus dias de análise.

O consultório de Sílvia ficava próximo do apartamento, o suficiente para que ele fosse caminhando até lá. Isso lhe permitia alongar o tempo da sessão, que para ele começava quando estava a caminho e continuava em seu retorno. Muitas vezes, parava antes de chegar em casa para comer um pão de queijo ou tomar um sorvete, e, assim, conseguia estender mais um pouco a vivência.

Era fácil, para Rodrigo, voltar ao seu primeiro encontro com Sílvia. Lembrava-se da chegada naquele prédio antigo. A sua entrevista provavelmente era o primeiro compromisso dela na manhã daquele dia. Ansioso, chegou quinze minutos antes do horário e aguardou em uma sala de espera impessoal, onde havia duas cadeiras e um daqueles filtros em que se encaixa um galão grande de água, com suprimento de copos na lateral. Não saiu outro paciente da sala antes de Sílvia abrir a porta e chamá-lo.

Entrou em uma sala ampla, onde se destacava uma estante de madeira escura, que ocupava toda a parede do lado esquerdo. Dividindo a estante ao meio, havia uma prancha, onde estavam dispostos um laptop e uma pequena impressora. Do lado oposto à janela, havia um sofá sem braços e sem encosto, com uma cabeceira e uma pequena almofada coberta por um lenço de papel. Em direção do centro da sala, ficava a poltrona confortável usada por Sílvia.

Rodrigo sentou-se em frente a ela, em uma cadeira moderna de escritório, e começou a contar, com algum detalhe, sua vida recente, apesar de imaginar que sua história já o precedesse. Logo fez a pergunta que o afligia, de como seria atender um homem sem passado.

Sílvia começou deixando claro que certamente era uma experiência nova para ela, mas não seria a primeira vez que estaria em uma posição assim. Após uma pequena pausa, que aguçou a ansiedade de Rodrigo, afirmou que preferia defini-lo de uma forma um pouco diferente: não como ele se retratara, um homem sem passado, mas como alguém com dificuldade de acesso direto ao próprio passado.

E prosseguiu dizendo que seu passado sempre estaria presente nele e continuaria a afetar seu comportamento e suas interações com os outros. Pelas manifestações desses elementos, poderiam vir a construir algo que ela chamaria de suspeitas sobre ele e seus aspectos interiores, que o ajudariam a entender seus dilemas atuais. Ela imaginava que, em função de tudo o que ele vinha passando, seria muito importante trilhar diferentes caminhos para acessar e entender seu *eu* e seus desejos. Contou que adorava se envolver na discussão teórica em psicologia, mas se dava a liberdade de encontrar caminhos diferentes de acordo com o que cada situação e cada processo analítico fossem chamando e pedindo.

A todo momento, Sílvia procurava se certificar se estava sendo clara e se ele a estava entendendo.

Para evidenciar a existência de caminhos alternativos, perguntou a Rodrigo se ele vinha sonhando e se se lembrava de seus sonhos. Surpreso, ele notou que na verdade seus sonhos tinham mudado. Nos primeiros dias após sua recuperação, os sonhos pareciam rápidas projeções de imagens manchadas e coloridas com cores fortes. Ao acordar, sentia-se como se tivesse vivido algo muito intenso, mas não conseguia se lembrar de nada.

Mais recentemente, seus sonhos revelavam mais histórias e ele passou a se lembrar mais deles. O comentário animou Sílvia, que realçou o fato como um indício, reforçando a ideia de que havia alternativas de acesso e do espaço que teriam para trabalhar. Rodrigo ficou satisfeito com a sessão. Sentira-se o tempo todo observado e ouvido. Sílvia o deixou confortável e provocado. Embora transbordasse de inteligência e vida, ela dera sinais de humildade ao admitir os próprios limites, mas também de que teria a criatividade para desafiá-los. Ele não se arrependeria desta decisão.

DEZ

Havia passado em torno de duas semanas desde a despedida de Beto quando Marta o convidou para dedicar as tardes ao escritório. Combinaram que Rodrigo lá iria após o almoço e ajustaria sua agenda pessoal para isso. Ele dispensou a esposa de vir buscá-lo, assegurando que conseguiria chegar sozinho, sem nenhum problema. Marta lhe entregou o mesmo crachá que ele usava no passado e lembrou-o dos procedimentos de entrada.

Rodrigo foi para o escritório a pé. A distância era pequena, mas na maior parte em subida, o que o fez transpirar um pouco. Seguiu os procedimentos de entrada no edifício recomendados por Marta, dirigiu-se ao elevador e desceu no décimo segundo andar. Interessante, ao sair do elevador, foi ver seu sobrenome na parede de entrada. O nome do escritório era o sobrenome dele seguido de Navarro, sobrenome de solteira de Marta, uma ideia que achou engenhosa.

Ao entrar foi cumprimentado com entusiasmo pela recepcionista: "Doutor Rodrigo, que bom vê-lo de volta! Sou a Berenice! Doutora Marta me falou que o senhor não se lembraria de mim, mas estou aqui há quatro anos, sempre gostei muito de trabalhar com o senhor". Ele retribuiu o cumprimento da moça, que recebera instruções para conduzi-lo até a sala de Marta.

A recepção onde estavam ficava no meio do andar. Para o lado esquerdo havia uma porta, que levava a um corredor com as salas de reunião. A porta do lado direito os conduziu a uma sala ampla, ocupada por mesas de trabalho. No final do salão havia quatro salas fechadas. A sala onde Marta estava era a da extremidade direita do salão.

A distância até lá lhe pareceu imensa, dado o desconforto de passar por tantas pessoas que lhe dirigiam algum cumprimento, ou acenavam, sem que ele soubesse como reagir. Quando enfim chegou até a porta do escritório, lá o esperava, de pé, Solange, que o abraçou. Fora sua secretária desde a fundação do escritório e tinha ido visitá-lo logo que chegou ao apartamento.

Quando finalmente entrou na sala de Marta, ela estava ao telefone; com um sinal, indicou que desligaria logo e pediu que a esperasse. Observou-a por aqueles poucos minutos. Naquele ambiente, a esposa lhe parecia estar em um nível de conforto superior ao que nela percebia na maior parte dos momentos, talvez por ali ser a parte da vida dela menos alterada nos últimos meses.

Marta sugeriu um plano de ação para o marido. Haviam criado, na rede da empresa, um diretório no qual estavam reunidos alguns dos trabalhos mais importantes em que Rodrigo tinha se envolvido, diretamente ou como supervisor. A ideia era que ele os lesse e visse como se relacionaria com esse material que era produto de seu trabalho.

Adicionalmente, Rogério, que era o segundo da área de Rodrigo e a vinha dirigindo na sua ausência, iria envolvê-lo em casos novos que aparecessem. Em um primeiro estágio, esse envolvimento não transpareceria para os clientes.

Rogério trabalhava no escritório desde poucos anos após a fundação. Tinha feito estágio e trabalhado por dois anos em uma grande e conceituada banca quando aceitou mudar, seduzido pelo ambiente de uma prática menor. Fora apresentado por um professor do curso de mestrado, que, por conhecer Marta e Rodrigo muito bem, transmitira muita confiança para ele.

Depois de oito anos, Rogério foi promovido a sócio e, gradualmente, foi aumentando a sua participação. Era muito respeitado pelos outros advogados do escritório por sua incrível dedicação ao trabalho, seu constante investimento em aprimoramento técnico e pelos trabalhos que produzia, que mostravam não só sua solidez, como também criatividade.

Um pouco tímido, seu temperamento lembrava o de um lobo solitário. Não era um agregador da equipe, embora os profissionais gostassem de desfrutar das oportunidades de aprendizado que o trabalho com ele proporcionava. Os clientes a quem atendia gostavam dele, mas não era de atrair nova clientela.

Rodrigo decidiu começar a analisar o diretório pela pasta das reuniões de sócios. O material estava muito bem organizado e com as atas que documentavam as decisões tomadas estavam arquivados os memorandos de convocação da reunião, as apresentações realizadas, os relatórios e os demonstrativos. Em função dessa boa documentação, ele pôde perceber facilmente o papel de liderança que desempenhava.

Em todos os temas mais importantes, a discussão era precedida por apresentações e propostas suas. Isso ocorria em assuntos da sociedade, divisão de participação e remunerações, investimentos em tecnologia e administração do escritório, aprovações de clientes e processos. Era interessante ver a si mesmo como protagonista de um processo do qual estava tão distante. Ele não sabia como tudo evoluiria, mas conseguia ver que seus sapatos profissionais eram muito grandes para serem por ele agora calçados.

As coisas ficaram mais complicadas quando passou a lutar para ler suas peças antigas. A concentração era difícil, o sono teimava em vir. Entretanto, não se rendeu com facilidade e foi cobrindo o material aos poucos. Sua dificuldade não era tanto com a linguagem, mas com as referências, que lhe eram de todo estranhas. Perdera completamente o contexto daquelas discussões.

Rogério, como combinado, apresentou a ele algumas situações que atendiam naqueles dias. Isso não favoreceu a reconexão de Rodrigo. O sócio mais jovem parecia satisfeito com sua nova posição, mostrava-se sempre ocupado e pressionado pela agenda, e suas explicações não conseguiam tirar de Rodrigo o seu sentimento de impotência.

Após pouco mais de uma quinzena, duas coisas ficaram claras para Rodrigo. Ficou óbvio que o processo em curso não seria bem-sucedido, não apenas pela inadequação do caminho, o que não era em si o problema central, pois não lhe parecia haver outra forma para o seu engajamento.

Na realidade, ele não se via nem com a capacidade, nem com a vontade necessárias para retomar a atividade no ritmo requerido pela dinâmica do escritório e pelo seu papel anterior. A decisão que teria de tomar era nítida. Não queria se sentir um peso, queria liberar as pessoas para seguirem seus caminhos da melhor forma.

Tinha entendido, pelo material, que os resultados do escritório provinham de duas partes, uma pela participação na sociedade e outra proporcional às taxas cobradas de clientes. Inspirou-se em casos antigos, e pensou em uma mecânica de saída do escritório que lhe gerasse alguma remuneração pelo seu protagonismo passado. Propôs que ele mantivesse uma participação, pela sua parcela na sociedade, começando de uma base menor que a de antes da doença até ser reduzida a zero em alguns poucos anos. Esses números seriam definidos pelos sócios nos limites que achassem corretos. O conceito foi bem aceito por todos.

Marta já havia definido que a reunião deliberativa sobre esse tema deveria ocorrer sem a presença de ambos, Rodrigo e ela. Ele não sabia o que esperar, ou mesmo como julgar a correção da escala que seus sócios, por final, estabeleceram, mas aceitou-a imediatamente quando Marta lhe disse que a entendia justa.

Não sentiu o processo de desligamento como um fechamento de portas. Não via e não tinha condições de ver seu trabalho de advogado como parte de sua vida futura. A sensação era de liberação de algo que não mais lhe servia, nem lhe trazia conforto. Sabia, entretanto, que esta decisão não encaminhava em nada as respostas sobre quais caminhos ou propósitos queria ou poderia perseguir.

ONZE

O filho primogênito foi o último a ter uma conversa mais longa e individual com o pai. Eduardo marcou presença na maior parte dos encontros e eventos familiares. Quando participava, mostrava-se tão alegre como os demais membros da família, mas sempre saía antes de todos em razão de algum compromisso.

Uma noite, após uma das primeiras dessas reuniões, Rodrigo compartilhou uma reflexão com Marta. Disse que, na situação em que vivia, os outros eram sua referência na busca de identidade. Isto se dava pelas histórias contadas pelas pessoas importantes da sua vida. Estava aprendendo, entretanto, que talvez devesse prestar mais atenção às mensagens passadas por linguagens não verbais. Quando analisava por esse critério, parecia que ele era uma pessoa completamente diferente para seus três filhos.

Matizando um pouco, quando estavam em uma posição, Marina sempre parecia querer se aproximar mais. Carla parecia próxima, mas não se permitia passar de um certo limite, enquanto Eduardo parecia estar sempre em uma posição transversal, pronto para se afastar.

O jeito como os filhos o olhavam também diferia de modo equivalente. O olhar de Marina transmitia um sorriso interno, uma cumplicidade permanente, um deleite. Carla olhava de modo sério, atento, interessado. A forma como Eduardo o olhava era mais difícil de descrever. Em alguns momentos, transmitia um calor intenso, em outros parecia esquivo e algumas vezes surpreendera-se sentindo como se o filho o olhasse com rancor ou com um sentimento ruim.

Obviamente, as diferenças podiam ter relação não apenas com sua personalidade, mas sim com a dos próprios filhos. Para isto, valia a pena perceber como eles olhavam para a mãe. Marina parecia a mesma, Carla, por outro lado, era muito mais calorosa com a mãe, a quem constantemente olhava com uma expressão de admiração. No caso do filho, ele percebia, também, um pouco da esquivez em relação a Marta, mas não a agressividade.

Normalmente, Rodrigo esperaria a conversa com Eduardo para recuperar sua história com ele, mas se sentiu ansioso e teve uma conversa longa com a mulher. Marta lhe contou que Eduardo foi um menino tímido e reservado. Ele se ocupava bem e, quando estava interessado em um tema, aprofundava-se nele por algum tempo, até que o interesse se esgotava.

Marta e Rodrigo sempre procuraram incentivá-lo em cada ciclo. Em pequeno gostava de brincar com bonecos plásticos em miniatura, e os pais usavam de todas as oportunidades para aumentar a sua coleção. Quando se apaixonava por uma série ou personagem, eles se esforçavam para conseguir o maior número de filmes possível. Quando quis tocar violão, providenciaram aulas. Entretanto, Rodrigo e Eduardo nunca fizeram muitas coisas juntos.

O vínculo com o esporte, seja praticar, seja assistir, que para Rodrigo sempre foi tema e atividade importantes, para Eduardo nunca despertou interesse nenhum. Em tempo algum participou de jogos com bola, jamais gostou de lutar, só aprendeu a andar de bicicleta por insistência do pai e isso nunca foi um grande prazer para ele.

Na escola, Eduardo foi um aluno médio. Cumpria todas as obrigações, mas não mostrava nenhum interesse especial. Nunca foi reprovado em nenhuma matéria. Tinha um círculo pequeno e estável de amigos, com um perfil mais ou menos parecido com o seu.

Na adolescência, por intermédio da tia Denise, com quem sempre teve um relacionamento forte e especial, desenvolveu um vínculo com a religião e com a igreja. Esse vínculo, que se manteve sempre intenso, era exclusividade de Denise e de Eduardo. Para os demais, a família poderia ser descrita como essencialmente laica, com comemorações de festas religiosas revestidas de caráter apenas social e familiar.

Foi uma surpresa para o casal quando o filho, ao final do ensino médio, anunciou que queria estudar Medicina. Fez um ano de curso preparatório após a conclusão do colégio, mas não conseguiu se classificar em nenhum exame de seleção para alguma escola que lhe interessasse. No ano seguinte, voltou a tentar e conseguiu entrar em uma boa escola no interior do estado, à qual se adaptou bem e não vinha frequentemente para a casa dos pais. Estudava com bastante disciplina e seriedade, e sua vida social girava em torno da igreja. Quando estava em São Paulo, ainda se encontrava ocasionalmente também com os amigos do colégio.

Eduardo não era uma pessoa consumista, tinha hábitos muito simples e não era financeiramente ambicioso. Apesar do incentivo dos pais para que voltasse para sua cidade após a conclusão do curso, a fim de fazer a residência médica em São Paulo e desenvolver carreira na capital, optou por ficar onde estava e escolheu, como área de especialização, a psiquiatria.

Os pais conheceram a nora um ano antes do casamento. Carolina tinha estudado enfermagem na mesma universidade que Eduardo, mas os dois se aproximaram no hospital onde ela trabalhava e ele era residente. Ficaram casados por menos de três anos, e a decisão de Carolina por separar-se não era esperada por ninguém. Pouco depois da separação, ela estava vivendo com outro médico do hospital. Foi então que Eduardo resolveu voltar para a cidade dos pais.

A dinâmica do relacionamento com a família, que estabeleceu desde então, era parecida com a que Rodrigo vinha testemunhando. Eduardo estava presente quando todos estavam, mas raramente havia oportunidade de Marta ou Rodrigo, ou ambos, estarem em particular com ele. Sua transparência quanto à vida pessoal era pequena.

Quando, enfim, conseguiu ter a conversa a sós como queria com o filho, Rodrigo pôde estabelecer alguma conexão da sua sensibilidade com a história de vida que lhe fora reportada pela esposa.

Rodrigo fez muita questão de que o encontro ocorresse em um momento especialmente marcado para isto, que não fosse algo casual, que não se desse em nenhuma ocasião em que Eduardo já lá estivesse por outra agenda. Achava importante, para o espírito que queria criar, que se encontrassem em algum lugar escolhido pelo filho, fosse bar, restaurante ou mesmo no apartamento dele.

Eduardo se atrapalhou um pouco com a ideia, mas acabou organizando para que se vissem em um final de tarde, um sábado, na casa dele. O apartamento, presente dos pais quando de seu retorno a São Paulo, era compacto, com decoração bastante frugal. Sentaram-se no ambiente de estar, Rodrigo no sofá e Eduardo em uma cadeira de balanço.

Quando ouviu o pedido de recuperar, para o pai, a história da sua vida e do relacionamento entre eles, mostrou certa estranheza. Foi totalmente factual e narrou os eventos de forma bastante análoga à narração de Marta. Contou sua história de uma só vez, sem que Rodrigo o interrompesse. Quando terminou, olhou para o pai com um olhar indagativo.

Rodrigo perguntou-lhe como era a relação deles, como era a vida de pai e filho, e como ficava o retrato quando se incluía a relação com a mãe nesse circuito. Eduardo demorou um pouco para responder, respirou fundo e falou que nunca tiveram muitas atividades juntos, que também não as tinha com a mãe, mas que talvez se esperasse algo diferente da relação pai e filho.

Contou que sempre viveu com a ideia de que não era o filho que o pai sonhava e que isso lhe causava muita dor. Que essa percepção não era produto de qualquer forma de comunicação explícita, mas que a mensagem lhe chegava de toda forma. Sentia que o pai esperava que fosse mais físico, assertivo, ambicioso. Era interessante que, nesse contexto, pensava nos pais como um bloco, mas personalizava a frustração no pai.

Rodrigo sorriu abertamente. Revelou para o filho que, até aqui, só tinha podido viver a sua situação atual como perda e, de repente, a vida lhe trazia uma oportunidade. Claro que não podia discutir se era correta a avaliação que dele fazia Eduardo. Se o filho sentia que não atendia às expectativas do pai na régua que o imaginava usando, hoje o pai não poderia dizer nem se a régua era aquela mesma, nem se esta faria sentido agora, quando estava sendo forçado a recompor sua visão de mundo e sua visão sobre si mesmo.

Eduardo esboçou um sorriso parecido com o do pai. Disse entender o que ele argumentava, mas que a conversa lhe causava dificuldades. Em aceitando que o homem que estava a sua frente não respondia pela experiência de vida que tiveram juntos, quem seria então, para ele, esta pessoa, que papel poderia lhe atribuir?

O rosto de Rodrigo se contraiu. Não podia discordar da questão. Respondeu que infelizmente esse vazio era, sem ambiguidade, uma condição dele e com a qual era, de toda forma, forçado a lidar. Acreditava que, apesar da ausência de memória, outros canais em seu tempo explicitariam os vínculos permanentes que estivessem construídos pela história de vida de ambos e que caberia a eles desvendá-los. Podia, entretanto, garantir que, mesmo com toda a névoa e dúvida implantadas em sua vida, tinha certeza de sua vontade de buscar essa aproximação.

A reação de Eduardo foi cautelosa. O filho não achava que cabiam naquele momento grandes declarações de intenções, da mesma forma que de nada adiantaria discutir sobre contas não ajustadas do passado. Disse que queria ajudar o pai nesse processo, cuja dificuldade ele não minimizava de forma alguma. Que ficaria próximo e veriam o que a proximidade poderia trazer.

DOZE

Adolfo e Sônia Navarro tiveram três filhas. Marta era a mais velha, Solange era três anos mais jovem e Denise, a caçula, era cinco anos mais nova que Solange. Apesar da idade próxima, Marta e Solange nunca se relacionaram bem, tinham temperamentos muito diferentes. Solange sempre foi muito tímida e fechada, agarrada aos pais, mais especialmente à mãe, e tinha pouca vida fora de casa. Assim como a irmã mais velha, foi boa aluna e desempenhava-se bem nos estudos. Solange e Marta não brigavam, mas, hoje Marta tinha a percepção que a irmã se ressentia da falta de apoio dela para que vencesse suas dificuldades.

Quando começou a cursar engenharia, Solange viveu uma transformação marcante. Parecia ter encontrado uma nova segurança. Mudou o modo de se portar socialmente, de se vestir; seus pais diziam que floresceu. No final do primeiro ano de faculdade, começou a sentir dores de cabeça como nunca. O diagnóstico foi rápido e assustador. Tinha um tumor inoperável no cérebro, sendo as projeções as piores. Ela manteve a energia de vida inalterada por quase todo o ano seguinte, no final, entretanto, sua saúde se debilitou e ficou sem condições de cursar a faculdade. Passava a maior parte do tempo na cama e os analgésicos nem sempre eram efetivos. Morreu antes de completar 21 anos.

A perda atingiu cada um dos familiares de forma diversa. Marta vivia o início da sua vida profissional, estava noiva de Rodrigo, tinha muito a lhe impulsionar para a vida. Seus pais, por outro lado, entraram em um luto profundo. A mudança de seus olhares era patente para Rodrigo, quando revia as fotos da comemoração de seu casamento. Marta comentou que o primeiro momento em que viu a energia de volta a eles foi quando lhes contou sobre a gravidez de Eduardo.

Pouco após a morte de Solange, ocorreu a aproximação de Denise à religião e aos grupos religiosos. Parece que foi essa a forma que encontrou para dar ordem a seu mundo.

Senhor Adolfo e Dona Sônia, como Rodrigo soube que os chamava, eram muito unidos, na maioria das fotos estavam juntos, sempre se tocando. Havia impressionado a Rodrigo a constância da presença dos sogros na vida do casal, em todas as situações. Tinha visto e revisto fotos recorrentes deles com ele, seu genro, em comemorações e toda sorte de ocasiões, imagens das quais extravasava um carinho que o enternecia.

Senhor Adolfo faleceu subitamente, no mesmo ano que Dona Pérola, mãe de Rodrigo. Marta lhe contou que a mãe nunca se recuperou de mais essa perda. Ficou mais reservada, com muito menos iniciativa.

Participava das coisas puxada por Marta e Denise. As últimas fotos de Dona Sônia foram no casamento de Carla. Morreu pouco depois.

Denise cresceu como um elo entre toda a família. Era a mais suave das irmãs, sempre disponível para dividir um momento, um sentimento. Mesmo bem jovem, foi muito importante nos cuidados com Solange em sua doença. Tinha uma intimidade grande com Rodrigo, que conheceu desde pequena.

A experiência de Denise nos grupos religiosos a conduziu ao estudo e trabalho na área de educação, atividade que exercia como uma vocação. Marta disse nunca ter conhecido um relacionamento amoroso da irmã e que, apesar de muito próximas, este nunca fora um tema de conversa entre elas.

Denise esteve sempre presente na vida dos sobrinhos, com quem tinha uma relação intensa e afetiva. Era próxima de todos, mas a relação com Eduardo, talvez por ser o primeiro, era especial. Frequentemente, as fotos dos filhos pequenos os mostravam com Denise, em variadas situações, sempre íntima, próxima, sorridente.

Desde seu retorno do hospital, Rodrigo se acostumara à presença constante de Denise. Não tinham tido maiores oportunidades de conversar em particular, mas ela sempre transmitia carinho e acolhimento.

Logo entendeu que a cunhada poderia ser uma grande força para ele, poderia ajudar a esclarecer visões e apontar caminhos. Não sendo exatamente parte do seu núcleo familiar mais próximo, Denise com certeza era a pessoa que mais de perto havia testemunhado a vida deles, mantendo, entretanto, por desígnio e por desenho, neutralidade. Ela poderia ajudá-lo muito a testar os limites e possibilidades de certas abordagens. Num primeiro momento obviamente pensava em um caminho de aproximação com Eduardo.

TREZE

A filha do meio não era alguém cuja intimidade Rodrigo tivesse facilidade em acessar. Perante ela se sentia um pouco como aquela visita que era sempre bem-vinda, mas cuja circulação ficava limitada à sala de estar. Não que ela deixasse de ser muito delicada no trato; era sempre muito agradável, mas alguma reserva era visível.

Carla parecia ter muito claros seus objetivos e Rodrigo sentia que ela parecia feliz de verdade com sua vida. Se seu sorriso não era escancarado, estava sempre lá, discretamente presente.

Muito organizada, cada coisa e cada momento permaneciam em seus lugares. Falava com orgulho do trabalho e de experiências que estivesse vivendo. Toda a sua energia intelectual parecia estar canalizada para o sucesso profissional. Pelo que Rodrigo pudera perceber, suas leituras focavam temas próximos à sua atividade e as amizades mais próximas do casal envolviam pessoas da mesma área.

Quando os via juntos, Carla e seu marido, Heitor, transmitiam-lhe uma sensação de forte e bem-

-sucedida parceria. Sinalizavam concordância em caminhos e opções. Tratavam um ao outro com muito cuidado. Entretanto, sem tirar qualquer conclusão imediata desta observação, chamava-lhe a atenção o fato de que ele nunca os via se tocando ou trocando alguma carícia.

No trato com as filhas, o casal era muito delicado, a comunicação com as meninas era ampla e clara. Faziam questão de expressar para elas, da forma o mais cuidada possível, suas preferências e seus sentimentos. Não tinham sempre tempo de estar com elas, mas quando podiam, estavam realmente presentes e mostravam prazer no contato. Definiram um conjunto amplo de regras de conduta para as meninas, e zelavam para que fossem seguidas, tanto por elas como por seus eventuais cuidadores.

O relacionamento de Carla com os irmãos parecia análogo ao padrão que Rodrigo percebia consigo. Sentia que os irmãos apreciavam estar com ela e esta com ambos, mas não via espaço para confidências ou para um contato mais privado.

Isso, às vezes, acontecia com Marina, mas parecia vindo muito mais da busca desta, da sua abertura de fronteiras, do que de algum gesto de Carla. No caso de Eduardo, o carinho mútuo era evidente, mas as reservas de certa forma se somavam. Ao contrário dos irmãos, sua proximidade com Denise era menor. Relacionavam-se bem, mas os sinais de intimidade eram menores.

Curiosamente, Carla mantinha contato com o tio Marcos, a quem procurava por telefone e para quem era uma parceira em conversas sobre os negócios. Muito único era, no entanto, o seu relacionamento com Marta. Rodrigo sabia que se falavam pelo menos uma vez por dia ao telefone, além de, com frequência, encontrarem espaço para momentos apenas entre elas.

    Nesse ambiente de confiança e cumplicidade, certamente aspectos de Carla aos quais ele não tinha acesso deveriam se revelar de modo mais livre. Sabia, entretanto, que era um espaço exclusivo de Marta, que ela não dividia com ele.

QUATORZE

Suas netas eram meninas lindas, encantadoras. Tinham ambas cabelos pretos lisos, cortados com o mesmo corte, pele muito clara, feições delicadas e olhos grandes. Laura, de 6 anos de idade, era mais esportiva, fisicamente ativa, já Cecília, de 4 anos, era mais preguiçosa para esse tipo de atividade. As duas eram supercomunicativas e sua capacidade de se expressar surpreendia o avô a todo momento.

Desde logo, Rodrigo começou a tirar proveito da sua liberdade de compromissos para passar bastante tempo com as netas. No início, Carla e Heitor se preocuparam com que sempre estivessem acompanhados por mais alguém, mas logo ganharam segurança e passaram a contar mais com ele.

Tinham visões muito firmes sobre a educação das meninas, quais atividades deveriam ser incentivadas, horários, alimentação... enfim, o manual de instruções era longo e muito ajudou o fato de que, em nenhum momento, Rodrigo se colocou na posição de discuti-lo. Cedo entendeu que essa era a forma que lhe asseguraria a possibilidade de ocupar o lugar que queria.

Frequentemente, buscava as netas na escola e ocorria ficar com elas tanto em seu apartamento como na casa delas, dependendo da agenda. Assumiu também outras responsabilidades: levava ambas à aula de natação e acompanhava Laura, uma vez por semana, à aula de violão, atividade que ele gostava em especial. Era frequente também se propor apenas a estar com elas, fosse para fazer alguma atividade, fosse só para ficarem perto, cada um com sua ocupação.

A relação com as netas era o único espaço onde a ausência da memória do passado comum não lhe estava patente a todo momento. É óbvio que adoraria lembrar de momentos especiais. Sabia, por exemplo, que estivera na maternidade e pudera acompanhar, pela janela da sala de parto, o nascimento das duas. Gostaria enormemente de reviver a sensação de carregá-las, recém-nascidas, no colo, de lembrar da emoção dos momentos em que testemunhou o seu desenvolvimento. Esse vazio era frustrante e o machucava.

Ocorria de Laura ou Cecília perguntarem sobre algum acontecimento passado, de quererem recuperar algum nexo de suas histórias, mas a experiência do convívio com as crianças era dominada pelo agora. Pelo que estavam fazendo ou planejando fazer imediatamente depois, e aí ele se sentia completo, não como um homem a quem faltava algo, não como alguém que frustrava as expectativas de quem se relacionava com ele.

Os sentimentos e as conversas fluíam livres e Rodrigo tinha certeza de que, para elas, ele era simplesmente o seu avô, como sempre fora. Talvez agora um avô menos ocupado e com mais tempo disponível, mas o fundamental era ser a única relação que não lhe pedia outras explicações. Sabia que não teria sentido para elas, em nenhum momento, um comentário como: "este é o meu avô, mas ele não se lembra". Ao contrário, as memórias recentes estavam vivas, dominantes.

Mesmo nesse curto tempo, já estavam construindo muita história conjunta. Foi para ele ainda recentemente que Laura conseguiu tocar sua primeira música inteira no violão. Foi com ele que Cecília tirou as rodinhas da bicicleta. Mas não era isso o que tinha mais importância; o que lhe importava era que, na presença delas, podia ser quem era hoje e não o que lhe faltava. E isso o fazia conseguir entregar-se todo a elas e absorver delas tudo quanto conseguia.

QUINZE

No começo de uma tarde, Marina comentou com o pai como ouvir música era antes uma atividade que lhe dava muito prazer. Contou que no passado ele sempre estava ouvindo algo, por vezes enquanto estava lendo ou apenas tomado por pensamentos. E que seu exemplo a levara a desenvolver o mesmo hábito.

Rodrigo se interessou em saber, então, como escolhia as músicas que ouvia, em que aparelho o fazia e coisas assim. A filha mais nova lhe mostrou a coleção de gravações dele, e aproveitou para lhe informar como poderia se atualizar e usar recursos novos. Mostrou aplicativos no telefone dela que lhe permitiam acesso livre a um universo musical sem fronteiras.

Ele começou experimentando voltar a ouvir a sua coleção musical. Tinha um repertório grande de clássicos e, também, de artistas de jazz americanos. Ainda conseguia se sensibilizar com a beleza do que ouvia, mas, ansioso, seu estado de espírito não lhe permitiria se concentrar nesse tipo de música por mais que um período pequeno. Procuraria outras alternativas.

Com certeza tinha se tornado alguém musicalmente menos sofisticado. Precisaria readquirir maturidade para voltar a desfrutar de música instrumental. Além do mais, a fermentação intelectual provocada pelo momento que vivia parecia necessitar de palavras que a canalizassem. Pediu, então, à filha referências de autores e períodos musicais que ela pudesse sugerir, um caminho fácil. Queria construir uma trilha musical que fizesse sentido para seu momento e experimentar o que essas músicas pudessem mobilizar nele.

Acabou acontecendo que se encontrou ouvindo música popular brasileira, ou, como dizia brincando, música com poesia brasileira. Era mágico como, ao mergulhar nas canções, sentia-se incrivelmente tocado pelas letras. Parecia que seu coração ficava exposto, em carne viva, que essa sensibilidade especial o deixava franqueado ao contato e, assim, podia ser invadido pelos sentimentos proporcionados por aquelas palavras.

Revelava-se nele um estado de tristeza e dor latentes, que lhe aumentavam a sensibilidade e a capacidade de incorporar, de forma mais plena, as mensagens propostas por aquelas músicas. A experiência lhe proporcionava um enorme prazer. Parecia-lhe que esses momentos lhe davam acesso a uma dimensão completamente diferente do seu *eu*. Ali, ele era alguém aberto para participar de uma corrente de criação, alguém capaz de entender e de capturar emoção.

Lembrava-se do que lhe provocou, por exemplo, "Luz do sol", de Caetano Veloso. Da delicadeza de sua poesia, que lhe remetia ao sentimento de agradecimento pelos pequenos milagres de cada dia, da percepção do grande milagre do seu retorno à vida, e o pensamento de como sua marcha nela ia marcar o seu universo.

Quando ouvia "Casa no campo", cantada por Elis, a imagem da vida em um local isolado não mobilizava alguém cujas memórias se restringiam à vida na grande cidade nos últimos meses. Por outro lado, a ideia mais central, a busca da essência da vida e da simplificação de complexidades, penetrava nele de uma forma que parecia lhe doer fisicamente.

Em "Canção da América", quando ouvia Milton Nascimento cantar daquela forma tão linda: "Pois seja o que vier, venha o que vier, qualquer dia, amigo, eu volto a te encontrar... Qualquer dia, amigo, a gente vai se encontrar...", pensava na sua busca pelo reencontro com os próprios afetos. E se, em algum momento, conseguiria restaurar em seus relacionamentos a profundidade a que a música o conduzia, ou se o afastamento que lhe ocorrera era uma viagem sem retorno.

A voz de Marisa Monte, na verdade, o invadia de modo independente das palavras que carregava. Em "Ainda bem", ele não se sensibilizava diretamente pelo seu apelo do encontro romântico, mas pelo sentimento que trazia de resgate da solidão, depois de se viver algum tipo de trauma. Parecia injusto queixar-se de solidão enquanto tantos faziam força para que estivesse sempre acompanhado. Pensava, entretanto, em um sentimento de outro nível de sincronia, de plenitude de encontro, ao qual a canção o conduzia. Encontros que o fizessem cantar, como a cantora ali dizia.

Lembrava também de uma tristeza que o foi invadindo quando, ao ouvir Raul Seixas em "Eu nasci há dez mil anos atrás", veio-lhe à cabeça sua situação bizarra, na qual a idade não estava acompanhada de memória e experiência.
Eram momentos de rica reflexão que tantas canções lhe propiciaram. Ele variava os estilos, a época. Encontrava diferentes acessos a esse estado de sensibilidade, quando a emoção e o pensamento fluíam.
Passou a se dar a liberdade de escrever o que lhe transbordava nesses momentos. As palavras fluíam sem esforço e, embora sentisse um fundo de tristeza, Rodrigo gostava do que de si mesmo encontrava.
Do mesmo modo que amava os momentos que lhe permitiam produzir aquelas anotações, sentia-se um pouco envergonhado delas. Tinha medo de, se reveladas para outras pessoas, que fossem vistas como bobagens ou ingenuidade.
Percebeu, entretanto, que as notas eram um material riquíssimo para seu trabalho na terapia com Sílvia. Faziam aparecer na conversa pontes interessantes, que revelavam necessidades e possíveis planos seus.
Afora essa situação, percebera, com muito carinho, que em seu relacionamento com Marina havia espaço para explorar as conexões que fizera entre a poesia, a música e o pensamento sobre a vida e a sua sensibilidade. Agradecia o afeto e a cumplicidade que a filha lhe transmitia, permitindo que, sem medo do ridículo, ele conseguisse se revelar. Sem o medo de julgamentos que intimamente temia nas outras relações.

Uma vez, encheu-se de coragem e dividiu com Marta um de seus escritos. Ela, como sempre, teve uma atitude aberta e acolhedora. Apesar disso, não sentiu que ela conseguiu se conectar com ele através daquele texto, com seu pensamento, com sua sensibilidade ou o que seja. O sentimento mais forte que lhe transmitiu foi de uma certa complacência. Sendo assim, não procurou repetir essa tentativa e ela também não chegou a pedir que o fizesse.

DEZESSEIS

Cedo Rodrigo conseguiu estabelecer a rotina diária de praticar pelo menos uma atividade física. De duas a três vezes por semana, corria. Tinham uma esteira em casa, onde Marta se exercitava, e que também ele usara bastante no passado. Mas não se motivava a utilizá-la, preferia correr na rua, em direção a um parque, ou simplesmente correr no parque, chegando lá de carro. Não se concentrava tanto na velocidade da corrida, porém controlava as distâncias percorridas, de modo que corria por períodos mais ou menos longos. Gostava da sensação que tinha ao correr, do prazer pela liberação da endorfina que o preenchia.

Seu pensamento, às vezes, voava para temas importantes, ajudando-o a tomar decisões sobre as quais vinha ruminando. Com frequência, ele também tinha a sensação gostosa de não pensar em nada, de apenas usufruir do Universo.

Também nadava cerca de duas vezes por semana. Por dois meses, teve aulas individuais em uma academia e constatou progresso maior que o esperado. Tanto ele como a professora concluíram, então, que estava preparado para uma independência maior. Poderia participar de um programa que existia no clube, focado para gente da sua idade, e também poderia, como decidiu fazer, simplesmente nadar e treinar sozinho. Nadava uma hora e quinze minutos em cada treino e variava pouco os exercícios nesse período. Era bastante metódico, chegava com o programa de atividade do dia pré-definido e raramente o alterava. Concentrava-se no seu padrão de execução de movimentos e na sua respiração. Ficava um pouco frustrado pelo fato de a evolução de sua velocidade ser pequena com o passar do tempo.

Haviam lhe contado que era uma pessoa competitiva e, aparentemente, alguns resíduos estavam ali. Entre as atividades que fazia, a natação não era a de que ele mais gostava. Sua dedicação era mais fruto da disciplina que da busca pelo prazer. Passava o treino todo contando o quanto faltava para o encerramento, mas, quando terminava, era com um sentimento único e especial de satisfação física. Terminava alongado, sentia a caixa torácica ampliada e a respiração mais profunda.

Mais que na corrida, seu cérebro parecia que se esvaziava enquanto nadava e não pensava em nada além das metas imediatas do treino, as quais, na verdade, também esquecia com frequência.

Tinha um prazer especial no jogo de tênis, embora seu corpo pedisse que não exagerasse nessa atividade. O custo do abuso, quando ocorria, aparecia claro na forma de dores, principalmente na região lombar. Quando recomeçou a jogar, preferiu treinar com um instrutor novo, que não o conhecesse. Manoel era um tipo calado, que não falava sobre nada além de empunhadura, ponto de contato com a bola, apoio no chão, movimento do pulso, abertura de braço e coisas assim.

    O técnico soube logo reconhecer que o tênis estava introjetado no aluno, que readquiria a consistência do jogo com facilidade. Rodrigo gostava mais de jogar com ele, como ainda fazia uma vez na semana, por uma hora e meia, do que de suas experiências no clube. Manoel forçava seu limite e Rodrigo aprendia muito de si mesmo jogando com o instrutor. Percebia sua capacidade de buscar algo a mais, uma competividade que não diminuía sua alegria de jogar quando perdia alguma disputa.

    Chamava a atenção de Rodrigo o quanto a atitude de uma pessoa no jogo de tênis podia ser reveladora. Via, por exemplo, um mecanismo que lhe parecia muito interessante, em que a falta de confiança o fazia, psicologicamente, provocar e legitimar o próprio erro, e no final essa era uma das formas possíveis de se ter controle do jogo. Por estranho que fosse, "garantir" a frustração era uma forma de controlar. Com certeza esse processo tinha paralelo no resto da sua vida.

    Quando se sentiu confortável e voltou a frequentar as quadras do clube, não encontrou dificuldades para se encaixar na agenda dos jogos. Os outros tenistas o apreciavam pela qualidade do seu jogo e, talvez, nutrissem um sentimento positivo por serem inclusivos com alguém com sua história. Ele preferia o jogo de simples, não de duplas, pelo prazer proporcionado com a maior demanda de movimentação e exigência física.

O relacionamento com os outros jogadores foi esquisito. Muitos tinham alguma história prévia com ele, embora não de relacionamento mais íntimo, e se esforçavam, nos intervalos dos jogos, em conversas protocolares que ele, por vezes, gostaria de dispensar. Aos poucos, o dia a dia nesse pequeno mundo foi criando novas referências e a convivência foi se tornando mais suave, o que lhe permitiu usufruir do seu amor reencontrado pelo tênis.

DEZESSETE

Dona Margarida era uma mulher de seus 50 anos que trabalhava na casa de Marta e Rodrigo desde quando Marina era pequena. Nos primeiros anos, Margarida cuidava da casa em geral, mas atendia prioritariamente os filhos, com foco especial em Marina, que, por ser menor, demandava mais atenção. Conforme as crianças foram crescendo, concentrou-se mais na cozinha e foi se aprimorando. Sempre ficava motivada quando Marta lhe trazia um material novo, ou lhe propunha a participação em um curso rápido. Assim, atingiu um bom nível profissional como cozinheira.

    O deslocamento de sua casa para o apartamento poderia tomar uma hora e meia num dia de tráfego ruim. Em vista disso, dormia pelo menos três dias por semana no trabalho e normalmente voltava uma vez no meio da semana para casa e não trabalhava aos finais de semana. Saía sexta-feira à noite, ou sábado pela manhã, em função das demandas de trabalho.

    Casara-se muito jovem, com o primeiro namorado, um casamento sólido. Tiveram dois filhos aos quais, ela e o marido, conseguiram proporcionar a possibilidade de estudos que não tiveram. A filha mais velha era formada em Contabilidade e trabalhava em um grupo comercial de grande porte. O filho mais jovem era paralegal em um excelente escritório, onde amigos de Marta e Rodrigo eram sócios.

Tinha uma personalidade muito especial, sempre disposta e alegre, com um bom humor contagiante. Era uma referência forte para os três filhos, que sempre recebia com uma atenção individual, preocupada com o que gostavam ou não de comer. Sua presença era marcante na casa. Ajudava a criar uma atmosfera de leveza. Após a chegada do hospital, quando Rodrigo começou a perceber com mais atenção a dinâmica da casa, chamou a atenção um desequilíbrio de tratamentos que lhe parecia despropositado.

Todos a chamavam apenas pelo nome, enquanto ela, embora mais informal com os filhos, tratava o casal sempre por "doutora" e "doutor". Rodrigo conversou com ela e expressou seu desconforto. Contou que, no escritório, por exemplo, todos se tratavam apenas pelos nomes, independentemente das relações hierárquicas. Falou que a diferença de idade entre eles não era tão grande e que ela era uma profissional como ele tinha sido. Pediu-lhe que o tratasse apenas por Rodrigo, mas ela nem sequer considerou essa hipótese. Ele decidiu, então, que se sentiria mais confortável a tratando por "dona".

Dona Margarida teve múltiplos papéis desde o seu retorno. Por muito tempo, antes das refeições, ele passava pela cozinha, onde ela permitia que ele experimentasse pratos com os quais ainda não se sentia

79

familiarizado, para saber se o agradariam ou se ela faria alguma coisa alternativa.

Com o tempo, Rodrigo foi se interessando também em que Dona Margarida lhe ensinasse a cozinhar pratos mais básicos, o que ela fazia com grande disposição e orgulho. Da mesma forma, ele constantemente mexia na ordem da casa, procurando fotos, álbuns, livros, CDs, e recorria à sua ajuda, sempre disponível, para recolocar as coisas no seu devido lugar. Nas visitas das netas, Dona Margarida estava sempre atenta, providenciando um lanche, ficando com uma delas nos momentos em que Rodrigo queria se dedicar a outra.

Nas ocasiões em que conversaram um pouco mais longamente, ele ficou impressionado com as diferenças de suas expectativas para a vida em relação às de sua família. Sentiu como a desigualdade estava naturalizada na sociedade, o que o incomodou, mas não sabia como iria ou poderia tratar o tema, nem como ou se o havia tratado no passado.

Compreendia apenas que estava perante um ser humano especial, que conseguia fazer sua vida ter um impacto sensível e positivo no universo ao seu redor. Não lhe parecia um objetivo pequeno, para que ele também se colocasse, no limite de suas novas possibilidades.

DEZOITO

Rodrigo dedicava bastante tempo à leitura. Lia, tanto em momentos em que estava só, como em visita ao pai, ou quando estava com as netas e elas se dedicavam a alguma atividade.

Viu, por sua biblioteca, que fora um leitor de romances de literatura ligeira, como livros criminais de suspense ou dramas jurídicos em que o personagem central era um advogado ou um juiz. Agora, fiel ao desafio de sua relocalização no mundo, concentrava sua leitura nas discussões políticas e sociais do momento.

Desenvolveu uma abordagem sistemática. Começava por se introduzir no debate pela leitura de colunas em jornais. As referências desses textos, eventualmente, traziam-lhe indicações de artigos ou livros que tratassem o tema mais profundamente.

Achava importante buscar textos que lhe dessem mais contexto histórico à discussão. O debate social do momento vinha lhe conduzindo a se concentrar em temas como democracia, desigualdade, feminismo, antirracismo e a preservação do meio ambiente.

Difícil era entender o processo da cristalização da

discussão em bolhas e o que impedia a discussão racional perfurar as suas fronteiras. Não sabia se, no passado, integrara algum grupo fechado, mas sua situação atual o levava a uma atitude diferente. A consciência forçada do seu desconhecimento e de sua demanda por um reaprendizado o conduziam a uma posição de mais questionamento, flexibilidade e reflexão naturalmente.

A infertilidade do ambiente social ao debate, evidente na leitura de jornais, enchia-lhe de desesperança. Mais estranho ainda era entender que grande parte da sociedade optasse por caminhos que contrariavam os próprios interesses mais diretos flagrantemente. Esse processo o preocupava ainda mais porque o não entendimento das consequências das decisões políticas impediam os ajustes decorrentes do aprendizado social, que seriam uma grande virtude esperada da democracia. Interessava-se bastante pela história das crises das democracias na primeira parte do século XX e tentava estabelecer paralelos com o momento.

Quanto ao tema da desigualdade, Rodrigo estava certo de que tinha, hoje, uma perspectiva diferente em relação ao passado. Percebia como, em uma sociedade desigual, o privilégio era assumido como natural e legitimado de diversas formas. Compreendia a implícita hierarquia no valor de vidas, as assombrosas diferenças de expectativas conforme o local de nascimento de uma pessoa e sua posição na pirâmide social.

Estava também bastante mobilizado pela discussão antirracista, entendia como o racismo se apresentava, muitas vezes, sob outras aparências e cristalizado na sociedade. Reconhecia, entretanto, que embora o caminho intelectual lhe fosse fácil, em nível mais profundo era como se, imaginando seu cérebro como um computador, sua vida tivesse marcado, em seu sistema operacional básico, uma programação de privilégio e discriminação racial. Rodrigo se preocupava que suas ações e reações não fossem explicadas por essa marca, mas em vários momentos percebia que, intimamente, carregava expectativas quanto às pessoas por ela influenciadas. Este entendimento fazia que ele atribuísse importância adicional ao tema e às exigências de reparação social e pessoais envolvidas.

Curiosamente, não era assim que se sentia quanto à posição da mulher na sociedade. A hipótese do privilégio masculino não parecia ecoar dentro dele. Alguns sinais do passado indicavam que ele nem sempre tivera essa perspectiva, mas hoje não encontrava nenhum sinal dessa percepção dentro de si.

Eram raras as oportunidades de discutir esses temas, mas gostava de se sentir participando do debate por meio de leituras e assistindo a discussões por diferentes meios.

Não estava certo se em algum momento futuro conseguiria assumir um papel diferente do atual, mas sabia que a doença lhe roubara as conexões com a realidade em que vivia e vivera, e gostava da ideia de se reconectar de uma forma crítica, a partir de um entendimento que permaneceu possível por não ter perdido a capacidade de pensar. Ao contrário, sua reflexão talvez tenha sido facilitada por ter sido colocado em uma posição que permitia um raciocínio mais livre e independente de compromissos com pensamentos ou manifestações passadas.

DEZENOVE

Passou-lhe despercebido o indício que orientou Marta a pensar que ele teria capacidade de restabelecer um mínimo de vida social. A esposa entendia sua incapacidade de permanecer em ambientes grandes, com muitas pessoas. O ruído, a multiplicidade de estímulos, a dificuldade de encontrar o seu espaço lhe traziam muita angústia. Optou, assim, por organizar pequenos encontros com casais de amigos que em geral envolviam um jantar ou almoço em algum restaurante.

Rodrigo tentava se comportar de um modo que fosse percebido como natural nesses eventos, mas verdadeiramente não se sentia confortável em momento algum. Marta se esforçava para facilitar a sua integração. Quando estavam todos lendo o cardápio, escolhendo o que iriam comer, ela procurava dar alguma dica para auxiliar a sua escolha, dizendo algo como: "puxa, Rodrigo, aqui tem isto, que você sempre gostou tanto" ou "Rodrigo, há quanto tempo não comemos este prato".

Ela se preocupava também em puxá-lo para a conversa, estimulava-o a falar sobre suas experiências recentes, ou a participar de algum assunto que pudesse ser confortável a ele, que percebia os movimentos e não podia deixar de se sentir enormemente grato, embora tivesse de confessar que era incômodo.

Na verdade, Rodrigo achava que lhe faltavam os fundamentos básicos capazes de trazer interesse a esses encontros. A intimidade entre as pessoas era confirmada por meio de lembranças das vivências conjuntas do passado. Também o desfavorecia não se lembrar das pessoas mencionadas nas conversas e sua distância de temas do cotidiano, dos quais tinha sido afastado e se afastara. Assim, tentava disfarçar seu deslocamento e não tinha ideia de como sua presença era percebida ou comparada às expectativas que pudessem nutrir em função do que já tivessem vivido.

Sua experiência recente lhe mostrava, entretanto, que a quebra pela qual passara não impedia o contato realmente pessoal. Ao contrário, possibilitava, ou até facilitava, experiências de muita intimidade e revelação em encontros individuais.

De toda forma, o protocolo da vida social casual era diferente. O nível de profundidade do contato era outro. Sua sensibilidade e capacidade de reação a sinais eram diferentes, podendo ser descritas por analogia à sua experiência na água: gostava de nadar, mas não conseguia simplesmente relaxar e boiar, logo se contraía e queria sair da situação. Talvez, com o tempo, novas pontes pudessem ser construídas e o contato se tornaria menos artificial. Naquele momento, entretanto, os encontros causavam-lhe enorme ansiedade e nenhum prazer. Com cuidado, mas com alguma clareza, abriu-se com Marta. Como sempre, ela não expressou a frustração, que ele nela pressentia.

Cinema sempre fora uma atividade muito importante para o casal em seus momentos de lazer, e continuava a representar uma ocasião especial para ambos. Marta assinalava essa importância conferindo cerimônia às ocasiões. Neste período recente, o programa começava com a esposa se encarregando de escolher o que assistiriam. Ela definia se assistiriam um filme no apartamento ou num cinema. Se em casa, o momento era plenamente reservado para a atividade. Pipocas ou lanche eram preparados. Normalmente, era uma ocasião particular dos dois, mas, às vezes, convidavam alguém para as sessões; um casal de amigos, algum filho ou Denise.

Rodrigo não lembrava de Marta propor filmes que fossem mero passatempo. O ritual envolvia um debate posterior. Marta gostava de, imediatamente ao final do filme, propor alguma conversa sobre o que tinham acabado de ver. Sempre que podia trazia em paralelo a informação de eventos relacionados que assistiram no passado, filmes sobre o mesmo tema ou de tema próximo que o impressionaram, ou, ainda, a experiência deles com filmes em que figurasse algum dos atores ou dirigidos pelo mesmo diretor.

O diálogo entre eles era rico e lhe parecia que ambos gostavam muito do programa. Embora a postura de Marta fosse professoral, isso não o incomodava nem o afastava. Sentia esses momentos como uma proposta de atividade realmente conjunta. Neles, Marta não precisava se ocupar de encaixá-lo em um padrão de vida pré-existente. Ele sentia a possibilidade de, ao mesmo tempo em que recuperava seu passado, reconhecer o recorte da esposa e entender como essas experiências a haviam tocado.

Era um alento para Rodrigo o fato de conseguir conversar livre e abertamente com a esposa a partir de sua posição e experiências atuais, e sentia a atenção dela aos seus movimentos.

Muitas vezes, em seu tempo sozinho, procurava assistir às suas indicações e depois relatava sua experiência e reações. Ultimamente, vinha procurando acompanhar com mais atenção os lançamentos e parecia que se aproximava o momento em que também ele conseguiria propor o que poderiam ver juntos.

VINTE

Pelo menos duas vezes por semana, Rodrigo ia visitar o Sr. Carlos. Gostava de estar lá. Ficava alguns minutos sentado à cabeceira do pai, simplesmente segurando sua mão. Mesmo em sua ausência consciente, o pai lhe transmitia, pelo toque da mão, uma sensação de carinho e intimidade que era difícil de explicar.

Normalmente, levava também leituras ou algo para ouvir enquanto estivesse lá. Ficou surpreso quando soube que as netas nunca tinham visitado o bisavô. Ao sugerir a ideia da visita para Carla, não percebeu bem o que mais a preocupara, se a exposição das filhas a alguém nas condições do Sr. Carlos ou a ele mesmo na situação. Por fim, ela autorizou a visita.

As meninas entenderam, com grande naturalidade, que estavam conhecendo um outro patamar de velhice e logo perguntaram se ele e a vovó ficariam como o bisavô. Muito tocado, respondeu de forma autêntica que ninguém sabia o que a vida lhe reservaria e, por isso, deviam aproveitar as oportunidades que tinham hoje de estarem juntos, de desfrutarem de suas companhias, de criarem suas memórias.

Na medida em que percebeu a nova rotina que Rodrigo ia criando, Marcos começou a estar presente em momentos em que o irmão também estivesse. Numa dessas ocasiões, propôs que o acompanhasse em uma das viagens periódicas para o litoral, passasse o dia visitando as lojas e dormisse na sua casa da praia. Ocasião em que poderia, inclusive, conhecer Mariana, a namorada de quem tinha lhe falado.

Marcos tendia a passar três dias da semana em São Paulo, onde morava em um apartamento compacto. Na capital, tinha também um escritório, no qual trabalhavam os funcionários que exerciam atividades comuns de suporte a todas as lojas. Costumava dizer que morava no litoral, onde tinha uma casa maior. Era uma casa despretensiosa, mas muito confortável, distante 600 metros da praia aproximadamente. Era lá que gostava de receber os filhos, sempre que estes podiam visitá-lo.

Como Rodrigo veio logo a saber, a casa da namorada não era longe, mas ela ficava na casa de Marcos na maioria dos dias em que ele estivesse lá. Mariana era dentista, mas clinicou na odontologia por relativamente pouco tempo. A partir da experiência pessoal, e após diversos cursos, avançou pelos caminhos da terapia corporal e se profissionalizou. Já atendia a uma boa base de clientes quando decidiu, havia alguns anos, fazer mais um ajuste de percurso e sair da cidade grande em busca de outra qualidade de vida. Tinha sido casada por alguns anos, mas nunca teve filhos.

Na data combinada, Marcos chegou à casa de Rodrigo bem cedo, antes das seis horas. Queria que tivessem tempo de cobrir a maior parte das lojas ao longo do dia. Durante a viagem, Marcos gostava de ouvir, onde fosse possível, o noticiário via rádio ou pela internet. Nos trechos sem sinal, ouvia algum podcast, previamente baixado, também discutindo algum tema parecido.

Chegaram à primeira loja pouco depois da abertura. Marcos lhe contou que esse fora o primeiro ponto da operação deles no litoral. Seguiram para o escritório, onde um pequeno café da manhã os esperava. Estavam servidos café com leite, pães de queijo com *catupiry* e frutas. A recepção foi natural e parecia denotar um bom ambiente de trabalho. Marcos fez questão de apresentá-lo a todos, que, pelo que percebeu, não o conheciam. Talvez fosse sua primeira visita à operação.

Marcos parecia seguir um protocolo conhecido. Avaliava com os gerentes relatórios detalhados, que mostravam os resultados da loja comparados às metas. Discutia variações de vendas das seções, qualidade de operação dos sistemas recentemente implantados e resultados de novos investimentos ou novas iniciativas, perguntava sobre os colaboradores e sobre algum concorrente em especial.

Passaram durante o dia por três lojas, semelhantes, mas cada uma com traços de identidade própria. Pararam apenas para almoçar, em um restaurante simples. A comida era muito saborosa, e Marcos foi recebido como alguém de casa.

Foi interessante para Rodrigo ver o irmão em performance. Ele parecia extremamente à vontade e inteiro em suas tarefas. Em outras situações, Marcos lhe transmitia sempre um resíduo de tensão, ali despercebido. Seu relacionamento com funcionários parecia fácil e franco. Ajudava o fato de, visivelmente naquele momento, sentir muito prazer em mostrar o progresso de uma vida ao irmão.

No final do dia, voltaram ao escritório por onde haviam começado a visita. Rodrigo entendeu ser este o posto de controle dele no litoral. Marcos, então, discorreu sistematicamente sobre o negócio. Começou por um retrato financeiro completo da empresa, seguiu com uma apresentação mais conceitual, em que mostrava a estratégia do negócio, forças e fraquezas das unidades, mais as próximas ações a tomar. Seu contentamento era visível e, quando terminou, perguntou ao caçula o que havia achado de tudo.

Rodrigo lembrou ao irmão das suas próprias limitações, mas que, apesar disso, estava claríssimo que Marcos tinha muito do que se orgulhar. Reforçou dizendo que a falta, para ele, de outras referências talvez lhe tornasse difícil perceber todo o progresso alcançado, mas que pudera, sim, perceber a potência e o dinamismo da sua empresa.

Marcos reagiu rapidamente dizendo que não era a "sua" empresa; Rodrigo fazia parte da sociedade e detinha 25% das ações. No passado, para reconhecer os esforços de Marcos no desenvolvimento do negócio, os pais lhe transferiram metade das ações da empresa. Posteriormente, transferiram a metade restante para os dois filhos em partes iguais.

Rodrigo se surpreendeu e perguntou a Marcos se achava a divisão atual justa, já que sua primeira sensação era de não merecer essa participação e que aquele negócio não era fruto do seu trabalho.

Marcos discordou fortemente, garantiu que a empresa era um legado dos pais de ambos, à qual Rodrigo tinha todo o direito. Lembrou que no passado haviam discutido o problema da divisão de resultado entre ações e trabalho, e que fora inclusive por sugestão de Rodrigo que recebia uma remuneração adequada por sua contribuição. Contou que fazia parte do acordo a condição de que Rodrigo também poderia trabalhar lá, se quisesse, embora esta nunca tivesse parecido uma possibilidade real. Acrescentou ainda que, como a realidade havia mudado, ficaria muito feliz caso o irmão quisesse se juntar a ele na direção do negócio.

Rodrigo ponderou que não podia negar a sua felicidade com tudo o que havia apreendido. Dava-lhe segurança saber que tinha uma fonte de renda adicional, além da poupança obtida com a venda das ações do escritório de advocacia e dos dividendos deste, que ainda receberia nos próximos poucos anos. Não se via, entretanto, trabalhando com Marcos. Achava que não teria nem a capacidade, nem o ritmo para tal.

Porém, e mais importante que o aspecto financeiro, Rodrigo via a identidade do irmão expressa em todos os aspectos do negócio. Não gostaria de se subordinar ou de invadir o espaço dele. Com certeza ajudaria se surgisse uma missão ou necessidade específica, mas não se integraria à atividade. Outro ponto que pesava muito era a evidência do movimento favorável que acontecia na relação entre ambos, que não achava devesse colocar em risco. Ficou combinado que Rodrigo poderia rever sua posição, se assim o quisesse, e que Marcos poderia lhe pedir ajuda caso fosse preciso.

Estavam bem quando chegaram, no começo da noite, à casa de Marcos e este, assim que acomodou Rodrigo, ligou para a namorada a fim de que se juntasse a eles.

Mariana devia ser quinze anos mais jovem que Marcos, mas seu corpo miúdo e a postura física faziam que parecesse ainda mais jovem. Estava contente de encontrar Rodrigo e em pensar no que representava esta apresentação. Tinha maneiras e fala suaves, e logo Rodrigo ficou sensibilizado pelo jeito como olhava o irmão.

Marcos acendeu a churrasqueira e nela dispôs legumes e verduras para Mariana, frutos do mar para Rodrigo e carne para ele. Os acompanhamentos e sobremesa ficaram a cargo da caseira, uma veterana da casa, cujo comportamento indicava claramente que gostava da presença de Mariana lá. Beberam cerveja.

Foi um jantar relaxado, e Rodrigo quis ouvir do casal suas histórias, desde como haviam se conhecido até o dia a dia juntos. Às dez e meia pediu licença para ir dormir, pois havia sido um dia longo para seus padrões atuais. Perguntou se ainda ia encontrar Mariana no dia seguinte e fez questão de convidar os dois para um almoço de família com Marta e os filhos. Quando se deitou, pensou um pouco sobre a sensação boa que vivia. Estaria conhecendo uma relação de fraternidade?

No dia seguinte, Marcos saiu para trabalhar, enquanto Rodrigo se preparava para correr na praia. Combinaram de voltar para São Paulo depois de um almoço que deveria ser leve. Rodrigo apenas pediu que, desta vez, a trilha sonora ficasse por sua conta.

VINTE E UM

O sucesso da experiência com Marcos, em seu trabalho, animou Rodrigo a tentar expandi-la. Não fugia dos seus pensamentos o desafio de encontrar um caminho melhor de acesso ao filho, e, talvez, acompanhá-lo ao trabalho fosse uma boa forma. Foi de muita surpresa a reação dele quando indagado sobre essa possibilidade.

Eduardo não resistiu a fazer humor com a situação. Falou como era interessante o contraste entre o pai que nunca se interessou por nada de sua vida profissional e o de agora, que queria "colar" nele. Comprometeu-se, entretanto, a pensar em como pôr a ideia em prática.

Sua especialidade era psiquiatria. Durante a semana, trabalhava, diariamente, por meio período em um hospital psiquiátrico privado. Também atendia no seu consultório, onde o fluxo de pacientes ainda limitado permitia que concentrasse o atendimento particular em três períodos completos, que incluíam a tarde e a noite.

O hospital era reconhecido por sua capacidade de bom atendimento a custos compatíveis com os reembolsos de planos de saúde médios. Seguindo um conceito comum na área, ficava afastado do centro da cidade, o que acarretava para Eduardo um elevado gasto diário de tempo para o deslocamento. No hospital, ele era responsável pela área de distúrbios da alimentação. Em linha com a expectativa para a especialidade, seus pacientes eram quase todos adolescentes ou jovens adultos, na maioria absoluta do sexo feminino. Proviam tanto atendimento ambulatorial como internação.

O consultório era próximo de seu apartamento. Compartilhava o espaço com três outros médicos, também psiquiatras, que, além de dividirem aquele local e as despesas, cobriam-se mutuamente nas ausências.

Em uma manhã de quarta-feira, Eduardo ligou para perguntar ao pai se ele estaria disponível para acompanhá-lo no dia seguinte. Rodrigo, muito animado com a oportunidade de estar com o filho, respondeu que ajustaria sua agenda e certamente estaria disponível.

O horário de entrada de Eduardo no hospital era às 7h30 e ele veio buscá-lo em casa às 6h45. Chegaram ao destino após um deslocamento de quase trinta quilômetros. A área externa do hospital parecia uma chácara e um caminho bem pavimentado conduzia ao prédio central, que tinha uma boa aparência, com arquitetura simples e prática. Foram diretamente para a sala de Eduardo, onde ele explicou o roteiro do dia. Começaria, como de costume, revendo os prontuários eletrônicos de todos os pacientes, para identificar a ocorrência de algum movimento que solicitasse sua atenção imediata. A seguir, viriam as consultas.

Os pacientes em consulta poderiam tanto estar internados como serem frequentadores do que chamavam de hospital-dia, ou mesmo já em fase de manutenção, quando vinham apenas para uma consulta periódica. Mais comumente, nesta última fase, os pacientes recorriam apenas ao psiquiatra particular, mas havia aqueles que continuavam sendo atendidos pela equipe do hospital.

A agenda do dia reservava uma reunião administrativa também, quando normalmente recebiam instruções sobre os aspectos burocráticos, como apontamentos de despesas dos pacientes e relatórios médicos adequados para obtenção de reembolso. A manhã se encerraria com a reunião clínica, para discutir casos envolvendo especialistas das diversas áreas: enfermeiras, nutricionistas, psicólogos e psiquiatras, tendo, estes últimos, a responsabilidade de coordenadores de caso.

Obviamente, a única reunião em que Rodrigo poderia presenciar seria a administrativa. Combinaram, entretanto, que no fim de cada bloco Eduardo relataria da forma possível o que se passara. Com o objetivo de oferecer ao pai uma exposição mais direta ao ambiente, Eduardo havia ajustado para que, no final da manhã, Rodrigo participasse de um almoço com a equipe no refeitório dos funcionários. Durante as consultas, programara para que o pai fizesse uma visita ao hospital, guiada pela chefe da enfermagem. Eduardo já o preparara para o fato de que teria bastante tempo livre e Rodrigo levou consigo inúmeros materiais de leitura, para se manter ocupado.

Assim, começaram o dia. A primeira atividade, revisão dos prontuários, não indicou nada de muito especial ou urgente e logo o médico pôde começar as consultas. As duas primeiras seriam de pacientes internadas, a seguir, seria a vez de uma paciente do hospital-dia e, finalmente, de uma externa.

As narrativas de cada caso eram em si impactantes e provocativas. Difícil entender a armadilha na qual essas pacientes se colocavam, o confronto das suas aparências com a autopercepção, as dificuldades que tinham em liberar canais de comunicação que dessem espaço para a intervenção e ajuda externa. Um caso que tipicamente demonstrava essa dificuldade era o da última consulta, uma paciente externa do hospital há meses. Uma jovem universitária, de família do interior, viera a São Paulo estudar e sua vida estava em ordem aparentemente, mas Eduardo teve de decidir por sua internação porque ela continuava a emagrecer, tendo perdido mais de 30% do seu peso nos últimos meses.

Já para Rodrigo, o protagonista era sempre outro. Ele procurava não se deixar capturar pelo interesse humano despertado pela situação de cada uma dessas moças para focar no papel de Eduardo. Centrava suas perguntas na atuação do filho: como o caso chegara a ele, como a sua avaliação evoluíra ao decorrer do tempo, os sucessos e insucessos, como eles o impactaram, quem mais estava envolvido no trabalho e quais eram suas expectativas. A natureza do interesse do pai logo ficou evidente para Eduardo e isso o sensibilizou muito. Não tiveram muito tempo para conversar nessa parte do dia, mas, apesar de breve, a conversa foi intensa e ambos sentiram o calor da aproximação.

A reunião administrativa foi menos interessante obviamente. Trataram de dois temas, começando com uma avaliação da origem dos pacientes para o hospital. O gerente de planejamento fez uma apresentação sobre a atividade comercial da instituição, mostrou quadros com o volume de atendimentos das diferentes clínicas e como cada uma delas estava em relação ao orçamento. A seguir, passou a analisar o processo de captação de pacientes, procurando entender o que ou quem os fazia chegar até lá. A clínica de Eduardo mostrava uma participação pequena no total dos pacientes no hospital.

Depois, trataram do problema de reembolsos, com foco na análise de casos e de erros no processo administrativo que geraram dificuldades de reembolso ou contestação de faturamento. Eduardo não teve participação ativa na reunião. Na saída, explicou ao pai que já fora muito resistente a essas reuniões, achava-as desalinhadas com o espírito que julgava necessário prevalecer na atividade médica, mas que, com o tempo e a maturidade, passou a entender como a manutenção da viabilidade do negócio era crítica para que pudessem prestar melhor atendimento e desfrutar de condições de trabalho mais adequadas. Chamou a atenção do pai para o ambiente tranquilo e respeitoso da reunião, o que também era uma evolução.

Despediram-se e decidiram que, ao fim da reunião clínica, o filho viria buscá-lo em um ponto combinado no jardim para almoçarem. Eduardo saiu com um rosto animado. Gostava de maneira especial destas reuniões interdisciplinares, que ocorriam duas vezes por semana e, além de produzirem ótimos resultados para o tratamento das clientes, eram momentos de muito aprendizado.

Vendo Eduardo caminhar em direção ao prédio, Rodrigo estava agradecido pelo tempo que teria para descansar, tomando um pouco de sol no jardim. A intensidade do dia o alegrava, mas sua resistência era limitada e a exposição à vulnerabilidade dos pacientes não permitia que ficasse indiferente quanto à sua própria.

Sentaram-se à mesa do almoço em um grupo de oito pessoas. Foi inevitável que logo a atenção convergisse para Rodrigo e seu caso singular, mas ele reagiu rapidamente dizendo que, em sua vida recente, estava por demais acostumado ao papel de paciente, e ali queria ser apenas expectador. Adoraria que todos conversassem com a maior liberdade, como se ele não estivesse presente.

Seu pedido foi atendido imediatamente e a conversa logo migrou para a discussão de uma apresentação de caso que o grupo queria fazer em um congresso próximo, para logo depois se dispersar, e fluir para temas pessoais comuns entre companheiros de trabalho.

Eduardo era, obviamente, respeitado pelo grupo, inclusive por sua posição hierárquica. Da forma que já era familiar para Rodrigo, não falava muito, passando a mesma imagem reservada que transmitia em outros ambientes. Logo após o almoço seguiram para o consultório. Eduardo teria apenas três consultas à tarde, a primeira às 15h e as outras às 18 e às 19h. No intervalo entre a primeira e as duas últimas, telefonaria ou retornaria para clientes. Seu consultório era relativamente novo, e a divulgação ocorria de modo gradual. Havia colegas da idade dele com uma clínica mais madura, mas esta era a situação dele.

Contou ao pai que gostava de que, no consultório, atendia a uma diversidade maior, tanto de tipos de pacientes como de patologias. Recebia pacientes de todas as idades. Havia casos de depressão, de dependência química e outros tantos tipos, além de pacientes sofrendo de distúrbios alimentares, como aqueles que atendia no hospital.

O consultório ficava em um sobrado antigo, simples e muito bem-cuidado. No andar térreo havia a sala de espera, um consultório, uma copa e ao fundo, onde uma edícula certamente existira, uma sala ampla que abrigava o consultório de Eduardo. No andar de cima havia mais duas salas de consultório.

A decoração da casa era sóbria, com poucos estímulos visuais, sem quadros ou objetos marcantes. A sala de Eduardo era ampla e iluminada, com uma janela que dava vista para um pequeno jardim. Ele disse que era o mais recente na clínica e, portanto, não escolhera o espaço, que fora preterido pelos outros em razão do seu acesso. No final, ficou contente, pois sua sala dava uma boa impressão.

A decoração do seu consultório tinha algum charme, mas o adjetivo que mais naturalmente evocava era de ser um ambiente funcional. Havia uma escrivaninha antiga, uma cadeira ergométrica de escritório para o uso de Eduardo e, em frente desta, três poltronas de tamanho pequeno. Em cima da mesa, o computador com uma tela bem grande. Em uma parede lateral estava a maca. Além da tela, o único objeto que chamava a atenção era um abajur de pé, alegre e colorido.

Rodrigo ficou na sala de espera enquanto Eduardo atendeu a primeira paciente da tarde. Era uma mulher, no meio dos seus 40 anos, paciente recente, que tinha uma história longa de crises depressivas, algumas mais e outras menos intensas. Seu histórico era de resistência a seguir a medicação prescrita, embora já tivesse passado por outros psiquiatras competentes. Até aqui, os resultados do tratamento com Eduardo eram positivos. Ela vinha seguindo as recomendações do novo médico e o relacionamento entre eles evoluía muito bem.

No intervalo das consultas, Rodrigo ficou na sala, enquanto Eduardo ligou para seis pacientes e respondeu a uma ligação do hospital, onde ocorrera uma nova internação.

A consulta das 18h foi com uma paciente nova. Era uma jovem de 17 anos, que vinha perdendo muito peso e viria acompanhada dos pais. Após o término desse atendimento e antes do início do último, conversaram um pouco sobre as diferenças entre o atendimento a pacientes no consultório e no hospital.

Rodrigo preferiu não esperar a conclusão da última consulta e resolveu se despedir para chegar em casa a tempo de jantar com Marta. Fez questão de tecer um rápido comentário final sobre o dia e contou ao filho o quanto tudo o impressionara.

Eduardo despediu-se destacando sua satisfação pelo interesse do pai em conhecê-lo realmente e que ainda poderiam percorrer um bom caminho. Rodrigo não esqueceu de beijar o rosto do filho ao sair.

VINTE E DOIS

Nas noites anteriores às suas sessões de terapia, Rodrigo parecia programado para sonhar. Anotava tudo imediatamente ao acordar, para poder relatar para Sílvia, sua terapeuta. Em um sonho recente, a família estava reunida em torno da mesa de refeições. Todos conversavam despreocupadamente. Marta estava em uma das pontas da mesa e as netas na outra. Não havia lugar para ele à mesa, que observava tudo pela janela trancada do terraço. Procurava sinalizar para todos que estava lá, queria que abrissem a janela para ele, mas ninguém o ouvia e sua agonia aumentava.

Em outro sonho, ele estava no vestiário do clube. Havia um grupo de pessoas em torno de um homem e ele sabia que o conhecera no passado. O homem era um advogado, dez anos mais velho que ele e aposentado há muitos anos. O protagonista do sonho estava alegre e falava em tom professoral enquanto todos o ouviam. No mesmo momento em que Rodrigo se trocava, incógnito, em outro canto do vestiário.

Lembrava ainda de despertar uma vez no meio da noite, após um sonho no qual estava sozinho num quarto com três crianças muito pequenas. Todas choravam. Ele pegava as crianças no colo seguidamente, mas elas não se acalmavam. Por fim, colocou-as deitadas em uma grande cama e pararam de chorar. Nesse momento olha para elas e vê os rostos de seus filhos adultos.

Havia também um outro sonho que se repetia em cenas ligeiramente diferentes. Uma vez o sonho reproduziu uma situação em que ele estava de calças curtas e uma mulher o levava a uma visita ao médico. A consulta era dele, mas o relato da situação era todo da mulher. O médico mantinha o olhar nele, mas se dirigia apenas à mulher. Ele não via a imagem dela, mas pressentia que fosse Marta.

Em muitos desses sonhos se apresentava essa situação dele infantilizado. Repetidamente, apareciam as calças curtas ou calças grandes demais que não se fixavam na sua cintura. Os personagens em torno mudavam, mas o papel dele era similar. Ajudava muito a ele que a reação de Sílvia tivesse um viés sempre otimista.

A terapeuta dizia que os sonhos vinham lhe trazendo as questões na medida em que ele ia desenvolvendo a possibilidade de lidar com elas. Falou que via, nos primeiros encontros, um processo quase mecânico de busca do resgate e conhecimento da própria história, mas que os sonhos traziam outras questões que ele agora começava a sentir forças para enfrentar. O Rodrigo de agora teria de estabelecer o relacionamento com os filhos a partir da sua condição de adultos. Teria de encontrar o seu lugar naquela mesa. Precisaria retomar o controle sobre sua vida.

Ele não sabia bem em que estava baseado o otimismo de Sílvia, mas podia dizer que isso diminuía a sua ansiedade. Quanto às perguntas propostas, se por um lado pudessem parecer óbvias, por outro, o caminho e o tempo para obter alguma resposta eram muito mais difíceis de perceber.

VINTE E TRÊS

Carla e Heitor costumavam comemorar o aniversário das filhas com uma festa. Os aniversários das meninas aconteciam com um mês de distância, os convidados seriam praticamente os mesmos e, assim, fazia sentido para eles organizar uma festa só. As meninas, como toda criança, ficavam muito excitadas com o evento e já duas semanas antes só falavam nisso.

Rodrigo ficou responsável pela compra dos presentes dos avós. O trabalho foi fácil, porque apesar dos esforços contrários dos pais, as meninas, com a esperada falta de sutileza, quando estavam a sós com ele deram todas as indiretas possíveis do que gostariam de ganhar. Comprou um par de patins para Laura e a boneca especial que Cecília queria. A festa seria no térreo do prédio onde filha e netas moravam.

Como esperado pelo estilo de Carla e Heitor, ao chegar encontraram uma produção elaborada. Brinquedos instalados pelo pátio do prédio, salão de festa decorado com capricho, monitores para cuidar das crianças.

Marta e ele foram recebidos pelas netas calorosamente e confirmaram, para o orgulho de Rodrigo, que os presentes eram exatamente o que queriam. As meninas lhe pareciam duas princesas, ambas com vestidos rodados, de cores diferentes, mas combinando, sapatos tipo boneca, meias brancas. Cabelos presos por tiaras e sorrisos maravilhosos nos rostos.

Notava-se uma certa ansiedade em Carla e Heitor, na sua condição de anfitriões, com a preocupação de que tudo saísse a contento. A sua filha estava vestida com uma elegância formal que lhe lembrava a mãe dela. Quando viu o cuidado no visual de Heitor, Rodrigo pensou que ele também poderia ter se preocupado um pouco mais no que vestir.

Os avós chegaram cedo, no começo da festa, quando ainda havia pouca gente. Logo o salão lotou e o nível de ruído ficou difícil de suportar. Marta explicou-lhe que os convidados eram os amigos do casal com seus filhos. As netas pareciam ter bastante convivência com essa turma de crianças e brincavam, todas, muito à vontade sob supervisão dos recreadores.

De sua família estavam lá apenas Marina e Denise, que chegaram bem mais tarde, perto da hora do bolo. Eduardo tinha um plantão e não pôde vir. Os pais de Heitor e seu irmão mais novo, que era divorciado, também estavam lá.

Rodrigo, a princípio, se animou ao observar as brincadeiras das crianças, em ver o que as netas faziam e como estavam aproveitando a festa. Entretanto, não demorou muito para se incomodar. Não sabia onde permanecer. Não havia onde se sentar e isto o estava cansando. Via as pessoas alegres, em grupos, conversando e ele não sabia para onde ir. Sentiu-se mal por estar basicamente seguindo Marta.

Em função do barulho, tinha dificuldade de escutar e, portanto, de participar das conversas. Em um ponto, resolveu se juntar à esposa, que estava conversando há bastante tempo com os consogros. Foi recebido muito cordialmente por eles, que o incluíram na conversa fazendo algumas perguntas sobre temas superficiais. Não demorou muito, entretanto, para que a conversa refluísse para onde provavelmente estava antes de sua chegada. Rodrigo procurou participar, mas não teve a percepção de ser ouvido e, em alguns momentos, sentiu-se até cortado. Era evidente que tinham uma deferência bem diferente pela esposa da que tinham, hoje, por ele.

A chegada de Marina e Denise o animou, teria companhia. Depois, Marta juntou-se ao grupo e ele passou a estar em um ambiente conhecido e familiar.

Contudo, estava reservado para ele um grande presente. Perto do final da festa, quando todos foram reunidos para cantar o parabéns, Laura chamou o vovô Rodrigo para ficar ao seu lado, enquanto todos cantavam e as aniversariantes assopravam as velas. Ela segurou sua mão. Enquanto tentava controlar as lágrimas, viu que os olhos de Marta também estavam molhados.

VINTE E QUATRO

Era sábado e Marta tinha contado, durante a semana, que iria passar o dia inteiro em uma reunião no escritório, só voltando para casa no final da tarde. Rodrigo organizou seu dia de modo a alongar um pouco o jogo de tênis da manhã e aceitou um convite de Marina para almoçar. A filha mais nova, de algum tempo, vinha mudando a dieta e, gradualmente, estava se tornando vegetariana. Comia ainda, mesmo que raramente, frango ou peixe. Também incluía lacticínios no cardápio, mas a carne vermelha não estava mais presente, de forma alguma.

Marina convidou-o para comer em um restaurante vegetariano do qual ela gostava muito. Rodrigo chegou na hora marcada e a esperou por quinze ou vinte minutos. Foi impossível dar muita importância ao atraso dela, pois quando chegou atabalhoada, beijou-o na face, cheia de pedidos de desculpas, tão evidentemente feliz por estar ali com ele que qualquer espera sempre faria sentido.

Era dia da feijoada vegetariana, que ambos escolheram. Pediram de entrada frituras, que Rodrigo adorava: pastéis pequenos de queijo e palmito, mais bolinho de mandioca. Naquele dia, especialmente, ele teria ficado feliz em beber algo mais forte, mas teve de se contentar com uma cerveja sem álcool.

Não haviam se visto desde o começo da semana, assim compartilhavam o que havia acontecido. A intensidade de Marina era uma fonte constante de encantamento para ele. Tudo o que acontecia com ela sempre tinha um elemento diferente, especial, que acabava por interessá-lo. Ela falava com ele de suas vivências pessoais e profissionais sem constrangimentos.

Tiveram ainda apetite para pedir sobremesas. Rodrigo escolheu sagu, que adorou comer em outra ocasião, mas se arrependeu depois, ao lembrar que naquele restaurante o prato não teria o tempero de vinho. Ela pediu um manjar de coco. Na conversa, conseguiu externar para Marina o seu desconforto naquele momento.

Tinha uma rotina repleta, atividades variadas das quais gostava. Estimulava-se física e intelectualmente. Gostava de estar com a família, que o tratava com tal cuidado e carinho, a ponto de embaraçá-lo. Suas relações pessoais foram afetadas pelo que viveu, por sua condição, mas, surpreendentemente, a situação de reapresentação acarretava um nível de abertura que tornava alguns contatos muito significativos. Precisava dizer, entretanto, que sentia alguma coisa que podia chamar de falta de propósito. Sentia falta de algo que desse sentido à sua vida, que unificasse suas partes, que a tornasse relevante.

Possivelmente no passado, juízo que não tinha como formar, o trabalho e a construção da família dessem estrutura a esse projeto. A situação atual era diferente. Não conseguia se sentir como um construtor na família e havia perdido a capacidade para o seu trabalho tradicional.

A reflexão de Rodrigo emocionou a sua filha. Ela entendia o que ele dizia, embora fosse difícil pensar no pai dela nessa situação. Era complicado para ela poder reagir ou sugerir algo, mas, mesmo nessa situação inusitada, ela via o pai muito mais preparado para encontrar caminhos alternativos agora do que estivera no passado.

Marina contou que sempre tiveram um relacionamento gostoso e caloroso, que sempre sentiu o pai como um grande aliado e torcedor. Nos últimos meses, entretanto, convivia com um homem mudado. Surpreendentemente para as circunstâncias, ela não sentia diferença na base de amor e carinho que definia o relacionamento entre eles, mas tinha de dizer que o via como um homem diferente.

Na visão dela, ele era, antes, alguém muito mais tradicional, mais rígido e comprometido com seu modo de vida. Hoje o via mais livre. Essa sua própria mudança possibilitava que se colocasse tais questões, e dava base para ela acreditar que encontraria um caminho compatível.

Rodrigo expressou que, apesar de toda a ansiedade que sua posição lhe trazia, em muitos momentos compartilhava, de certa forma, com o otimismo dela. Sentia que precisava de algum projeto e que isso, necessariamente, deveria passar por uma reversão de seu papel.

Desde que recuperou a consciência, vivia numa situação de ser o foco, em maior ou menor intensidade, de cuidados. Sentia necessidade de organizar suas forças em busca de assumir um lugar de também cuidar, de ter um impacto positivo na vida dos outros. A procura por suas capacidades para poder atuar em um projeto assim era um objetivo importante para ele. Sabia que precisaria de muita ajuda, e que Marina poderia ter um papel especial nessa jornada.

A filha ficou comovida com a conversa. O tema da ação social sempre foi central para ela, que, por vezes, se frustrara ao sentir que os pais encaravam suas preocupações e atividades na área como parte de uma perspectiva sonhadora, que desapareceria com a maturidade. Agora, ela encontrava o pai se questionando quanto às próprias possibilidades e pedindo sua ajuda para encontrar esse caminho.

Não sabia o que dizer ao pai, mas lhe veio à mente uma reflexão que achou útil compartilhar. Marina pensava que, tão importante quanto definir qual trabalho social fazer, seria definir de qual grupo se aproximar. Vinha pensando que "o que fazer" é definido pela capacidade de atuação de cada um, pelo potencial de empatia com quem seria o objeto da ação. Já o "com quem" define a nossa nutrição e a possibilidade de se continuar no processo, acrescentou. E passou a relatar a sua experiência.

Ela encontrara seu espaço, durante a graduação, em um grupo de contadores de histórias que visitava crianças hospitalizadas. Começaram o trabalho com programas para grupos em torno de dez crianças. As atividades eram conduzidas em áreas comuns, como a brinquedoteca da ala infantil do hospital.

Mais que leituras, os eventos eram performances que podiam incluir música, fantoches e o que a criatividade chamasse. O trabalho de preparação era riquíssimo. Discutiam conteúdo e forma em igual profundidade. Buscando economizar os limitados recursos de que dispunham, preparavam eles mesmos os materiais de apoio. Tinham, também, a disciplina de investir tempo, após cada apresentação, para entender como tudo tinha funcionado e como percebiam que os pequenos pacientes haviam sido atingidos.

No começo de seu vínculo com o grupo, Marina atuava na retaguarda, fazendo seleção e produção de materiais. Quando passaram a atuar também nos quartos, visitando crianças cujas restrições as impediam de se juntar ao programa coletivo, ela passou a atuar como contadora de histórias propriamente dita.

As exigências emocionais do trabalho aumentaram muito. Não era fácil a exposição a crianças em estado de saúde tão grave. Nunca poderia esquecer da experiência de, ao chegar na semana seguinte, saber que haviam perdido um paciente. A retribuição era, entretanto, também muito grande. Sentir a capacidade de deslocar aquelas crianças de sua difícil condição para um momento de fantasia e liberdade, em que a criação e elaboração eram possíveis, mostrava-se impagável.

Marina considerava, entretanto, que o trabalho só era viável e leve pela grande identidade e afeto existente dentro do grupo. Lá desenvolvera amizades e vínculos que sabia serem permanentes. Eles se apoiavam muito, socializavam com certa frequência, e esse vínculo dava outro sentido aos desafios que enfrentavam.

Sentia-se muito estranha se arriscando a dar um conselho ao pai, mas lhe recomendaria uma situação análoga, a de um trabalho que adicionasse, à sua busca, gente de quem gostasse.

VINTE E CINCO

Na noite anterior à sessão com Sílvia, Rodrigo teve um sonho estranho. Ele estava caminhando e, de repente, algo caía do seu bolso, sem ele perceber, e explodia. As pessoas em volta o observavam com olhares recriminatórios, sem ele saber bem o porquê. Ele prosseguia e tudo se repetia. Procurava algo nos bolsos sem nada encontrar, seguia um pouco mais e, de novo, provocava os mesmos estragos sem entender como.

Percebendo a ansiedade que o relato lhe causava, a terapeuta perguntou a que o sonho lhe remetia. Sílvia estava acostumada com que ele chegasse pronto para falar, já tendo refletido bastante sobre o que sonhara.

Rodrigo explicou que o sonho lhe parecia excessivamente dramático, e, talvez, esta fosse uma característica apartada, sobre a qual tivessem de conversar em breve, mas agora lidava com um incômodo grande que vinha tendo. Percebia, pelo comportamento das pessoas, que ele certamente fizera ou dissera coisas no passado que geraram mágoas ou ressentimentos. Havia aqueles em que esses sintomas eram mais evidentes, mas não havia por que julgar que isso só ocorria com eles.

Era muito frustrante para ele perceber e sentir que a capacidade de pedir perdão sumira, junto com sua memória. Que sentido teria o pedido de perdão se ele não podia, a partir da sua experiência interna, reviver o acontecido, entender os seus próprios mecanismos de funcionamento, ou poder afirmar que gostaria de ter funcionado de modo diferente e que se esforçaria para fazê-lo no futuro?

A imagem das bombas talvez fosse excessiva, talvez não o fosse, mas o pedido de desculpas por sua explosão era vazio, na medida em que a autoria parecia distante para ele. Atribuir algum significado a uma revisão de comportamento era, assim, inacessível. Tudo soaria por demais fácil, totalmente artificial.

Em outros sonhos, em outras situações, a queixa era de não ser considerado, não ser tomado em conta. E aqui ele estava se sentindo incapaz de assumir responsabilidade pelos seus atos e caminhos.

A história dos elementos que haviam determinado sua vida até então lhe era desconhecida, levava-o ao vazio, e isso era tremendamente frustrante. Ocorreu-lhe que poderia não ser menor a frustração de quem interagia com ele, quem tivera experiências e expectativas a partir de vivências reais, e encontrava agora o vazio do outro lado.

Uma coisa intrigante para Rodrigo é que, no fundo, não acreditava que nada tivesse sumido. Ele tinha a crença de que tudo estava enterrado em nível muito profundo, de modo que, racionalmente, não o conseguia alcançar, mas que este material de alguma forma influenciava as suas atitudes e percepções. Essa crença, que não conseguia justificar ou fundamentar, era-lhe muito importante, porque dava um sentido de verdade à sua tentativa de reinserção em seu mundo, a seu esforço de reestabelecimento de suas relações.

Rodrigo se perguntava o que podia fazer quanto a tudo isso. A melhor resposta que lhe veio à mente foi que só podia lutar para viver de uma forma em que encontrasse sentido em sua vida, e que com o tempo as novas experiências seriam mais significantes para ordenar seus relacionamentos. Assim, com sorte, ele e as outras pessoas conseguiriam deduzir e sentir, também, um vínculo consistente com seu passado.

VINTE E SEIS

Naquela manhã, Marcos telefonou dizendo que precisava falar com ele pessoalmente, com urgência, e chegou em poucos minutos à sua casa. Não era preciso grande sensibilidade para perceber que algo muito ruim acontecera.

Seu irmão contou que o cuidador do seu pai ligara para informar que ao entrar pela manhã no quarto do Sr. Carlos para o despertar tinha o encontrado morto em sua cama. Marcos telefonou imediatamente para o médico do pai, que foi até lá e atestou o óbito. Agora, estava vindo procurar o irmão.

Avisaram depressa o resto da família e seguiram para a casa do pai. Entraram juntos no quarto dele e se depararam com o corpo coberto por um lençol. O irmão descobriu o corpo cuidadosamente e comentaram entre si sobre a sua aparência, que parecia mais serena daquela que encontravam nas últimas visitas.

Rodrigo foi para a cadeira que ficava ao lado direito do pai e, como vinha fazendo em suas recentes visitas, segurou a sua mão. A rigidez e a temperatura dela o surpreenderam. Lembraria dessa sensação por muito tempo vividamente. Enquanto isso, podia ver Marcos, que não conseguia conter o choro, em pé, do outro lado da cama.

O irmão se afastou, dizendo que iria cuidar dos procedimentos para o funeral, e Rodrigo ficou só naquele quarto. Como gostaria que nesse momento pudesse ter um sentimento de real despedida, que todas as suas memórias fossem despertadas pela visão final do corpo do seu pai. Tinha um forte sentimento de carinho por aquele velho homem, de quem sentira, em tempos recentes, um afeto tão palpável, mesmo vivendo ele em condições tão limitantes. Entretanto, o vazio quanto ao seu passado lhe doía mais profundamente nesse momento.

O luto reclamaria revisitar o passado que lhe estava interditado. Rodrigo voltou a cobrir o corpo e foi para a sala encontrar o irmão.

Marcos lhe disse que estava tentando conseguir que pudessem proceder ao enterro no final da tarde. Queria uma cerimônia pequena. O pai estava isolado há tanto tempo, quase ninguém o visitava, não via sentido em um evento social por ocasião de sua morte. Sr. Carlos seria enterrado ao lado da esposa, conforme havia pedido quando ainda tinha condições de fazê-lo.

Assim que soube do ocorrido, Marta veio se juntar a eles e não saiu de perto de Rodrigo desde então. Sensibilizava muito a Rodrigo o cuidado de Marta com ele. Os filhos, Marina e Eduardo, chegaram para o velório no cemitério. Carla estava viajando a trabalho e não conseguiria chegar a tempo. Heitor também estava lá, assim como Denise. Mariana veio imediatamente a São Paulo para estar com o namorado, mas os filhos de Marcos não poderiam vir. Além desse núcleo familiar, apenas participaram da cerimônia dois funcionários antigos da empresa, do tempo em que o Sr. Carlos ainda exercia a liderança do negócio.

Naquele momento, a presença de Rodrigo era fundamental para Marcos, que estava muito abatido. A todo instante ele se aproximava, abraçava o irmão e falava de alguma lembrança. Era Marcos que realmente o conectava com aquele momento, que o fazia poder senti-lo em sua intensidade.

Quando o cortejo chegou ao seu destino, Rodrigo se viu em frente à fotografia da mãe no jazigo, uma foto como tantas que tinha manuseado recentemente. Ele procurava se localizar, manejando um sem-número de fotografias na busca de sua história, mas agora, naquele lugar e naquele momento, onde as emoções deveriam estar tomando conta dele, parecia um visitante distanciado do evento. Seus olhos lacrimejaram. Marcos o abraçou, Marta beijou seu rosto, mas nem podiam imaginar o que se passava com ele.

VINTE E SETE

Será que suas escolhas atuais seriam determinadas por sua evolução recente ou mais coisas do que imaginava eram definidas por sua história e experiências hoje inacessíveis? Esta pergunta vinha se repetindo para Rodrigo. Então, em uma tarde, quando apenas os dois estavam em casa, aproveitou para puxar uma conversa sobre o assunto com Dona Margarida. Perguntou a ela se o via como o mesmo de antes ou como alguém mudado.

Margarida demorou um pouco a responder, depois escancarou um sorriso e contou que muitas características haviam permanecido. Como um exemplo claro para ela, citou que Rodrigo sempre fora a pessoa mais organizada da casa e isso continuava a acontecer. Seus armários e suas coisas eram planejados e dispostos cuidadosamente. Alguns critérios haviam mudado, pela influência do período com Beto, seu acompanhante no retorno do hospital, mas a preocupação com a ordem, a maneira de dobrar as roupas e o jeito de cuidar de tudo eram, surpreendentemente, parecidos. Acrescentou que, se o trabalho fosse realizado por um equipamento, ela apostaria que não havia sido trocado.

Rodrigo se animou com a conversa e a encorajou para avançar, dizendo que deveria haver alguma área em que ela o visse mudado. O sorriso voltou à face de Dona Margarida ao falar que antes ela o via fazendo graça com as pessoas frequentemente, e não o via com essa atitude hoje.

Essa observação causou grande repercussão nele. Era claro que o humor tinha um pré-requisito de intimidade e conforto no relacionamento que não estava disponível agora. Será que voltaria com o tempo? A saber, mas a conversa toda estava muito interessante e Rodrigo procurou direções para continuá-la.

Puxou então um tema que lhe veio à cabeça: e quanto à comida? Aí era um pouco diferente, respondeu Margarida. O cardápio na casa permanecera o mesmo, que já atendia aos gostos dele e isso não mudou, o que sofreu mudanças foram as coisas cuja iniciativa era dele. Embora sempre tivesse tido controle sobre quantidade, Rodrigo consumia bebidas alcoólicas com frequência. Muitas vezes, à noite, ao chegar em casa, tomava uma dose de uísque. Do seu gosto por vinho era testemunha uma adega que hoje recebia pouca atenção.

Rodrigo lembrou que, a princípio, não podia consumir álcool em função dos remédios que tinha de tomar. Quando foi liberado, nunca se viu com vontade de beber. Nas ocasiões em que algum drinque lhe fora servido, percebia que sua ingestão era mais difícil, sentia-se pesado depois e, também, que não conseguia ter a mesma sensibilidade das pessoas para apreciar a qualidade da bebida.

Margarida também lhe contou que ele tinha uma grande paixão por queijos. Comprava tipos diferentes e sofisticados que, praticamente, só ele consumia. E, embora visse que ele continuava a gostar dos pratos que incluíssem queijo, aquele antigo ritual deixou de acontecer.

Rodrigo insistiu, querendo saber se a restauração de algum hábito passado a havia surpreendido. Depois de pensar mais um pouco, Margarida lembrou que no passado Marta sempre pedia que ele comesse antes de fazer exercício, mas não era atendida, mesmo a esposa dizendo que esse hábito ia contra as recomendações de todos os especialistas. Quando Beto trabalhou com ele, fazia questão que comesse algo antes do treino, mas, poucos dias depois que o acompanhante foi embora, Rodrigo voltou a sair em jejum.

Nos dias seguintes, a questão das rotinas e de seus condicionantes continuou no pensamento de Rodrigo. Chamava a atenção dele que, ao correr no parque ou nadar no clube, encontrava quase sempre as mesmas pessoas. Seria o universo organizado em tribos de acordo com rituais e rotinas solidamente fixados?

Poucos dias depois, ele teve uma experiência diferente. Rodrigo parou para falar com uma mulher com a qual tinha conversas breves frequentemente. Ela se alongava no mesmo equipamento de ginástica, logo após terminar a sua corrida. Já havia a visto muitas vezes. Fez-lhe uma pergunta despretensiosa sobre como havia sido a corrida. A mulher relatou como desfrutava daquele momento. Comentou sobre as diferentes árvores da pista, sobre a posição do sol em relação a elas e de como a experiência estética a alimentava. Era uma hora especial do seu dia.

Essa conversa tão simples, com a mulher descrevendo uma experiência que poderia ser análoga à dele, mas que para ela soava tão particular, trouxe-lhe uma vivência de real alteridade. Ela declarava viver aquela corrida de uma forma diferente da que ele narraria a sua, e tal diferença o surpreendeu e se revelou significante para ele. Em seu natural esforço por se conhecer e se reconhecer, talvez ele, em muitos momentos, estivesse olhando menos para fora de si do que devia. Também, na busca de referências fixas e analogias, poderia estar subestimando que hábitos e formas, mesmo que se repetissem, poderiam se reinstalar com conteúdos completamente mudados.

VINTE E OITO

Em um almoço familiar, Rodrigo comentou que gostaria de encontrar alguma atividade com impacto social à qual pudesse se dedicar. Em resposta, sua cunhada, Denise, convenceu-o a acompanhá-la à igreja. Prometeu que não estava fazendo proselitismo, mas tinha certeza de que, mesmo ele não se interessando pelos rituais puramente religiosos, lá encontraria um grupo de pessoas inspiradoras, que, se não organizassem seu caminho, pelo menos poderiam lhe sinalizar boas pistas.

Denise frequentava uma igreja perto da casa deles. A igreja aglutinava uma grande comunidade local e mantinha vínculos com outra paróquia, na Zona Leste, que chamavam de igreja sucursal. Era lá que a maior parte de sua ação social ocorria.

Sua cunhada sugeriu que a melhor oportunidade, para que Rodrigo tivesse uma primeira visão das atividades, seria participar da reunião mensal do grupo responsável. A agenda da reunião era quase sempre a mesma. Começavam, na sala de orações, com a novena, em que todos rezavam inspirados por um tema proposto anteriormente. Após a liturgia, ouviam as palavras do padre Paulo, que liderava a comunidade, sobre o tema do mês e o significado que poderia propor para o grupo.

Depois dessa parte mais espiritual do encontro, transferiam-se para o salão paroquial, tomavam um pequeno lanche e focavam nos assuntos mais práticos. Quando da primeira visita de Rodrigo, padre Paulo deu início a essa parte da reunião, passando pela agenda mensal. Era o mês do bazar de arrecadação e ele pediu aos voluntários encarregados que apresentassem o estágio da preparação.

A seguir, era dia do grupo de Denise apresentar o desenvolvimento do trabalho de reforço escolar que faziam na igreja sucursal. Era um trabalho muito bonito. Atendiam um grupo de aproximadamente quarenta crianças com idades entre seis e doze anos, que vinham à igreja três tardes por semana, por três horas. Durante esse período, primeiro faziam lição de casa ou tinham aulas de reforço, depois executavam atividades recreativas de canto, trabalhos manuais ou esportes. Era esperado que as crianças frequentassem a escola religiosa dominical também.

A apresentação mostrou o painel de acompanhamento que tinham de cada criança, as intervenções especiais individuais requeridas e o envolvimento das famílias. A qualidade do trabalho era mesmo inspiradora. Era impressionante ver o que conseguiam fazer a partir de trabalho basicamente voluntário. Em um momento durante a reunião, Denise comentou com ele sobre um outro grupo, que cuidava das crianças menores, também com ótimos resultados.

Tipicamente terminavam a reunião com o que chamavam de hora das ONGs, quando os participantes do grupo promoviam os eventos das outras associações com as quais estavam relacionados e falavam de necessidades específicas nas quais outros membros do grupo poderiam ajudar com conselhos ou indicações.

Quando Rodrigo e Denise estavam saindo da reunião, padre Paulo o chamou para lhe apresentar Tales, um padre mais novo que era responsável pelo trabalho social dirigido à paróquia dos Jardins. Padre Tales tinha um bom registro dos participantes da comunidade, de seus interesses e de seus problemas, com um foco especial na parcela mais velha e solitária da comunidade.

O padre Paulo conhecia, por Denise, o histórico de Rodrigo e comentou sobre uma situação com a qual o padre Tales se defrontava, em que julgava que Rodrigo poderia ajudar. Pediu ao padre Tales que relatasse o caso.

O Sr. Cláudio era um membro antigo da comunidade, não muito frequente em missas. Com pouco mais de oitenta anos de idade, vivia parte do tempo em São Paulo e parte numa casa no litoral, que adorava. Tinha sido alto executivo de uma empresa multinacional e alcançou uma situação financeira sólida. Era um homem muito reservado, não tinha nenhum familiar, apenas relacionamentos sociais, mas nenhuma amizade íntima.

Recentemente, o médico confirmara os temores de Cláudio quanto a sinais de Alzheimer. E foi esse o motivo pelo qual procurara o padre Tales, para que o ajudasse a criar uma estrutura de suporte, capaz de cuidar dele quando não pudesse mais fazê-lo. Teriam de planejar tanto os cuidados físicos que receberia quanto a administração de seus recursos financeiros, de modo a garantir apoio às suas necessidades. Pediu também sugestões sobre como distribuir os recursos eventualmente remanescentes quando de seu falecimento.

Após deixar evidente a sua insegurança quanto às suas capacidades atuais, Rodrigo se prontificou a ajudar imediatamente.

VINTE E NOVE

Rodrigo foi visitar Cláudio acompanhando o padre Tales. Era uma casa ampla em um bairro residencial de alto padrão. Quando chegaram, foram recebidos pela empregada, uma senhora que aparentava estar pelos sessenta anos de idade. Padre Tales a cumprimentou afetivamente e foi retribuído da mesma forma. O padre disse a Rodrigo que ela passara a frequentar a igreja.

A casa tinha identidade nítida. A decoração era sóbria e, definitivamente, parecia ser fruto de um projeto profissional já antigo, sem alterações ao longo do tempo. O caráter pessoal vinha de inúmeros objetos trazidos pelo proprietário de viagens a diferentes cantos do planeta.

Cláudio chegou à sala junto com o café e os biscoitos. Seu jeito formal de cumprimentar o padre surpreendeu Rodrigo, pois sabia que eles já haviam se visto muitas vezes. Aparentando menos idade, o octogenário se movimentava com energia e destreza. A sua voz era forte e grave.

O anfitrião começou por agradecer a presença de Rodrigo e ao padre por trazê-lo. Contou que tinha procurado referências na internet e descobriu que era o sócio fundador de um renomado escritório de advocacia. Sentia-se até embaraçado por julgar que seu caso não tivesse a dimensão para justificar a contratação de um escritório desse tamanho.

Rodrigo informou-o da sua situação rapidamente e de que não praticava mais a advocacia, a visita se dava dentro dos marcos do grupo de ação social da igreja. Tranquilizou Cláudio dizendo que, se necessário, mobilizaria seu antigo escritório para ajudá-lo na situação e que, caso fossem encaminhar uma solução profissional, juntos analisariam alternativas.

Cláudio contou sua história sem acrescentar muitos detalhes ao que já havia sido antecipado pelos padres. Seu objetivo principal era viver a vida que tinha até o último momento de suas possibilidades e deixar que alguém zelasse para que nada faltasse em seus cuidados depois.

Respondendo à pergunta de Rodrigo sobre o que o motivava hoje em dia, disse que em São Paulo procurava sempre fazer uma caminhada longa e passava o resto do tempo lendo, ouvindo música ou assistindo a algum filme de um dos muitos serviços de streaming que assinava. Na praia, onde passava mais tempo, fazia mais ou menos a mesma coisa. Gostava ainda de dirigir o próprio carro, quando viajava para o litoral.

Tinha pouco contato com gente, interagia, basicamente, com os prestadores de serviço, médicos, caseiros, atendentes de comércio. Perguntado sobre seu legado, falou que nunca foi muito de abraçar causas, mas se tivesse de escolher um tema, seria o meio ambiente.

Revelou a agonia da sua situação. Fora a vida toda isolado, desconfiado, e agora não tinha alternativa a depender de alguém que pouco conhecia para administrar suas coisas e cuidar dele. O padre Tales respondeu a essa observação com uma citação mística, que em nada moveu o dono da casa.

Rodrigo simpatizou pouco com Cláudio na verdade. Sua frieza e sua ausência de vínculos o incomodaram. A primeira percepção era que não se interessava por nada que não fosse centrado exclusivamente nele. Também quando, por exemplo, a conversa se voltou para causas que poderiam um dia se beneficiar do seu legado, pouco se envolveu. Queria muito ajudá-lo, entretanto.

A fragilidade desse homem tão singular doía em Rodrigo. Conseguia empatizar com a situação dele. Enquanto conversavam pensou em si mesmo e se projetou, em parte, na condição de Cláudio. De certa forma, partilhava da sua solidão, mas contava com uma família que se esforçava para resgatá-lo.

TRINTA

Nos dias de semana, Rodrigo e Marta jantavam sempre juntos. Eventualmente, tinham alguma companhia. Marina algumas vezes se juntava a eles, Denise também, já Eduardo em raras vezes e Carla, nunca. A grande maioria das noites, jantava apenas o casal.

Comiam às oito horas. Marta chegava em casa uma hora antes, tomava banho, trocava de roupa e vinha encontrá-lo na sala, onde ele normalmente estava lendo e ouvindo música. Era a única refeição que faziam juntos de verdade. No meio do dia, Marta comia uma refeição leve no escritório, levada de casa. No desjejum, Rodrigo se preocupava em estar à mesa com ela, mas aquele momento mal contava. Ela sempre estava atrasada, engolindo depressa alguma coisa, para sair correndo a seguir.

Os jantares eram tranquilos. Davam-se tempo de conversar, compartilhavam o que havia ocorrido nos seus dias. Marta também gostava de lhe contar detalhes da vida no escritório. Parecia a Rodrigo que ela buscava, objetivamente, que ele mantivesse alguma conexão com o mundo profissional.

Depois do jantar era quando Marta falava ao telefone com algum dos filhos, com a irmã ou com alguma amiga. Essas conversas não eram longas e, pouco depois, ela se sentava com Rodrigo para verem algo juntos na TV. Passada uma hora, talvez um pouco mais, ela estava cansada e falava que iria dormir.

Desde que sua medicação fora reduzida, o sono de Rodrigo diminuiu. Na verdade, muitas vezes ele sentia um cansaço grande no começo da tarde e o médico havia orientado que um curto repouso nesse horário seria bem saudável. Nos dias em que havia tirado essa pequena sesta, não tinha a menor condição de tentar dormir no horário em que Marta se retirava para o quarto.

Ficava só então. Embora sem sono, também já não dispunha de grande capacidade de concentração. Optava, assim, por algo menos exigente, uma leitura mais leve ou uma programação recreativa na TV. Escolhia programas que não fossem do repertório de Marta, que não impedissem de assistirem juntos a algo de que ambos gostassem. Assistia a programas de esportes ao vivo ou a séries de televisão mais afinadas com o seu gosto. Passadas uma ou duas horas, estava pronto para ir para o quarto. Encontrava Marta dormindo. Sempre a beijava carinhosamente no rosto, no lado que estivesse virado para cima. Ela nunca acordava, mas um sorriso sempre aparecia na sua face.

TRINTA E UM

Naquela noite Marina chegou muito animada. Ele perguntou à filha a que se devia o bom humor e ela, com ar de mistério, disse-lhe que tinha, sim, um motivo especial, mas queria dar a notícia para a mãe e para ele juntos. Quando se reuniram à mesa, ela desvendou o mistério.

Começou lembrando que já lhes falara de Rafael. Não fazia muito tempo que estavam juntos, mas o relacionamento ia bem, ela nunca estivera tão bem com alguém; e passavam um com o outro o máximo de tempo que podiam. Os pais não o conheciam pessoalmente, há tempos que Marina não lhes apresentava nenhum relacionamento.

Contou, então, que Rafael fora contemplado com uma bolsa de estudos para mestrado numa faculdade de primeiríssima linha na Inglaterra, já no próximo ano letivo, e havia proposto que fossem juntos. Estava muitíssimo animada com a ideia.

Os pais a inundaram de perguntas. Iriam se casar? A princípio não era essa a ideia, só se precisasse do casamento para obter seu visto. O que ela iria fazer?

Havia um curso em Londres que sempre fora o seu sonho, ela procuraria conseguir a sua admissão depois que estivesse lá. Como iria se manter? Ela teria a vida normal de estudante na Europa e buscaria os bicos de costume para se sustentar. Continuaria dando os atendimentos on-line que oferecia no Brasil, mas o dinheiro que ganhava, convertido em moeda forte, não seria suficiente para as suas necessidades. A bolsa de Rafael, embora representasse um grande reconhecimento do seu potencial, mal daria para as suas despesas.

Marta e Rodrigo procuraram entender qual o núcleo dos planos da filha e se ela não estava se precipitando nesse relacionamento. Marina falou que estava muito segura, que eles se davam muito bem e que ela queria tentar esse projeto com Rafael. Disse também que o rapaz não tinha um longo histórico de relacionamentos, estava distante de ser alguém impulsivo e ela o sentia muito confiante e comprometido.

Quanto a passar um período no exterior, tentar estudar em outro centro, isso também era algo que sempre a atraiu. Poder fazê-lo com alguém tão especial, com quem se via fazendo planos para toda a vida, era mais do que ela podia esperar. O tempo que faltava para viajarem juntos talvez fosse maior do que o tempo em que tinham assumido o relacionamento, mas ela estava tranquila em relação a isso. Argumentou ainda que meses antes a saúde do pai a impediria de se afastar, mas agora o via cada vez mais independente e poderiam manter o contato constante, mesmo que fisicamente distantes.

Marta conseguia facilmente captar a felicidade da filha, porém estava claro que estava um pouco brava.

Não gostava de ser surpreendida e se sentia mal por ter estado distante de algo tão importante para sua filha. Entretanto, passados os primeiros momentos de susto, acalmou-se e mostrou o seu apoio. Disse que ela e Rodrigo sempre garantiram aos filhos que recursos para estudos não faltariam, e que se Marina conseguisse ser admitida no curso, pagariam integralmente esses custos.

Rodrigo também se sentia contagiado pela felicidade da sua caçula, mas, no íntimo, tremia, pois temia a ideia da separação da filha menor. Ela era a pessoa com quem ele se sentia mais natural, menos limitado. Perder sua presença mais próxima o assustava.

Gostaria de sentir a força que ela lhe atribuía, porém tinha medo de que, com ela, parte dessa força fosse embora. A imagem que lhe veio foi a dos dois caminhando em direção ao altar nupcial, mas era Marina que o conduzia e, ao se despedir, seguia, deixando-o para trás.

Sabia que esses sentimentos representavam uma distorção no relacionamento esperado entre pai e filha, percebia que assumiria o papel esperado de retaguarda, de dar apoio aos caminhos dela, mas precisava reconhecer que já sentia ciúmes da sua menina e a notícia que recebera parecia representar um aumento dos desafios para sua travessia.

TRINTA E DOIS

Carla e Heitor tinham alugado uma casa para passar uma temporada na praia e convidaram Marta e Rodrigo para se hospedarem por um final de semana com eles. Combinaram que Marta não trabalharia na sexta-feira, para que pudessem estender a estadia por três dias.

Saíram carregados de comida como se fossem ficar uma quinzena toda. Marta fez questão de dirigir. Estava claro que ela ainda não tinha confiança em Rodrigo no volante. Ele sabia que no passado era sempre ele que dirigia, mas entendia o receio dela. Já na estrada puderam sentir o calor da acolhida. Começaram a receber telefonemas das netas, que queriam saber se já estavam chegando e quanto tempo mais demorariam.

Assim que chegaram, a dinâmica dos dias começou a se mostrar. Carla "roubou" a mãe e Rodrigo ficou por conta de Heitor e das meninas. As pequenas tinham até dificuldade de respirar, tantas eram as alternativas de diversão. Levavam uma sacola enorme de apetrechos para brincar na areia da praia, e também pranchas para exibir seus talentos e possibilidades. Na volta da praia, podiam brincar na piscina que havia na casa. Rodrigo tinha de confessar para si mesmo suas dificuldades em lidar com tanta energia, mas a felicidade de compartilhar a alegria das netas superava o seu cansaço.

Heitor era responsável pela refeição principal todos os dias. Ele cozinhava com elegância, planejamento e capricho. Os alimentos eram colocados em ordem precisa durante a preparação, reforçando a percepção de expertise que ele transmitia. Os cardápios tinham sido pensados levando em consideração os gostos de cada um.

Extremamente gentil, convidou Rodrigo para participar das atividades na cozinha. Rodrigo não sabia bem como ajudar, mas seguia os seus comandos. Não se lembrava de ter tido a ocasião de estar só com o genro.

A conversa era quase monotemática. Afora as pequenas decisões que a cozinha requeria a cada momento, os assuntos de interesse do genro eram o trabalho e os negócios. Falava de profissionais de sucesso e de como tinham desenvolvido modelos novos de negócio. Contava de sua carreira na empresa, de seu progresso e sobre seus caminhos de crescimento. Julgava, entretanto, que a única forma pela qual poderia alcançar o sucesso financeiro que almejava seria empreendendo.

A Rodrigo impressionou a visão que Heitor tinha de si mesmo. A imagem que lhe veio foi que ele via o mundo como um bosque de árvores frutíferas, onde poderia escolher o quê e quanto colher. Talvez essa visão de seu destino e sua ambição fossem fatores importantes para levá-lo ao tipo de sucesso que procurava; talvez, ao contrário, o conduzissem a uma grande frustração caso o resultado não ocorresse de acordo com seus planos ou sonhos. De toda forma, Rodrigo não conseguia simpatizar demais com aquela conversa. As metas do genro lhe pareciam tão restritas quanto ambiciosas. Torcia para que a filha não pensasse de forma igual.

Naquele final de semana, Rodrigo pôde ver uma Marta diferente, bem distinta da executiva sempre séria e compenetrada. Era intensa sua alegria quando estava com Carla. Elas tinham piadas particulares, riam a toda hora. Laura e Cecília procuravam se juntar e riam junto, contaminadas pelos sentimentos que transbordavam da relação entre a mãe e a avó.

Durante o tempo que ficaram juntos, quase não houve oportunidade para conversar com Carla, algo que a Rodrigo não parecia ser fruto do acaso. Porém, uma situação apareceu na última noite deles na casa. Estavam vendo um programa na TV, os três: Carla, Marta e Rodrigo. Heitor estava no quarto com as meninas. Quando Marta anunciou que ia dormir, Carla ameaçou ir também, mas não o fez, ante o pedido do pai para que ficasse mais um pouco com ele.

Rodrigo comentou sobre a dificuldade que tinham de estar a sós e de compartilharem suas emoções como pai e filha. Viu lágrimas nos olhos de Carla. Sua filha sempre tão contida estava com dificuldades de controlar as emoções.

Ela contou ao pai como era tudo muito difícil. Ela estava aí, fisicamente diante do homem que tinha sido tão importante em sua vida, mas se desculpava por não conseguir evitar uma sensação permanente de perda. Não sabia se, intimamente, conseguiria em algum momento reconhecer nesse homem o mesmo homem anterior. Poderia ser, a presente, uma versão humana, talvez até melhorada em algumas características, mas era a história que a ligava com a figura do pai. E agora, quando o encontrava, ele não dividia essa história, não estava por ela determinado, por isso o encontro da natureza da relação ficava complicado.

Foi a vez dos olhos de Rodrigo marejarem. Chegou perto de Carla, abraçou-a e lhe garantiu que não havia dúvidas sobre o quanto a entendia.

TRINTA E TRÊS

Os registros do padre Tales sobre sua comunidade estavam longe do convencional e de atenderem aos padrões tecnológicos da época. Ele mantinha fichas escritas à mão, com uma letra de difícil entendimento. Mereciam fichas todas as pessoas, da paróquia dos Jardins ou da Mooca, que, na compreensão dele, precisassem de atenção especial.

Quando um membro da comunidade enfrentava um problema de saúde, ele abria uma ficha, assim como fazia se alguém perdesse o emprego. Um exame ou concurso também eram bons motivos, bem como acompanhar uma família após um evento de luto. Havia um grupo de fichas especiais para os casos que demandavam ação mais duradoura, como pessoas de idade que vivessem muito solitárias e pessoas com doenças graves.

Nas fichas estava claramente designado quem acompanhava cada caso. Padre Tales e padre Paulo procuravam cobrir a maior parte deles, mas as pessoas a serem visitadas eram muitas e eles não conseguiam, sozinhos, atendê-las na intensidade necessária. Precisavam, portanto, recorrer a outros membros da comunidade. Padre Tales assumira a responsabilidade de coordenação desse processo, designando voluntários para o atendimento, planejando e registrando a visitação.

Rodrigo participava desse grupo de trabalho desde que iniciou seu processo com Cláudio. Tinha sugerido a Tales que gostaria de se concentrar na visita a pessoas severamente doentes ou a velhos solitários, e nas atividades de suporte que viessem a requerer.

A preparação para o trabalho começava pela entrega de apostilas que descreviam o programa, seus objetivos, seus fundamentos ético-religiosos, mas principalmente definiam padrões de comportamento para que as visitas fossem frutíferas. A seguir, os novos voluntários participavam de três encontros presenciais em que, além de comentar o conteúdo das apostilas, podiam ouvir visitadores experientes, visitados ou familiares de visitados compartilharem suas experiências.

As primeiras experiências de Rodrigo foram tão marcantes quanto a sua expectativa. Recebera a indicação de cobrir dois participantes. O primeiro, Ivan, pouco mais de dez anos mais velho que ele, enfrentava um câncer de prognóstico muito ruim. Fora casado e tinha filhos adultos com quem perdera o contato completamente depois de se separar da mãe deles. Era inteligente, atento às coisas do mundo, e conversar com ele durante as visitas era interessante.

Ivan sentia-se injustiçado e abandonado. Quando soube que Rodrigo o acompanharia nas sessões de quimioterapia, sua atitude foi acolhida e recebida com um nível de gratidão instantânea que o comoveu. Pôde sentir, rapidamente, que tinha um papel na vida de Ivan e que este estava feliz por ter alguém com quem contar.

A outra participante era uma senhora de 90 anos, Dona Míriam, que tinha perdido a visão com a idade. Viúva, tinha dois filhos homens que moravam com as famílias fora da cidade. Os filhos eram atenciosos, dentro das suas possibilidades, e vinham visitá-la sempre que podiam. Ela morava em um residencial para idosos com instalações bastante simples, mas adequadas. O atendimento aos residentes mostrava-se bem cuidadoso, apesar de a equipe ser pequena. Dona Míriam tinha em comum com Rodrigo a paixão pela música e, sempre que estavam juntos, ouviam alguma coisa que escolhessem em especial, ou havia música ao fundo enquanto conversavam.

Rodrigo tinha certeza de que as visitas eram mais importantes para ele que para Dona Míriam ou para Ivan. A atividade o tirava do lugar de objeto de cuidado para colocá-lo no de agente. As visitas eram pesadas por vezes e ele, com frequência, saía carregado de tristeza pela solidão da gente com quem estava aprendendo a empatizar, mas ele sabia que a troca o enriquecia e ajudava a dar sentido aos seus dias.

Quanto a Cláudio, havia trabalhado bastante nas suas coisas. A situação realmente pedira que Rodrigo voltasse ao escritório para aprender, com sua antiga equipe, qual o tipo de estrutura de curadoria seria indicado para cuidar daquele homem tão solitário, quando não mais pudesse agir com independência.

Estiveram novamente por várias vezes com Cláudio, padre Tales e ele, enquanto estudavam o desenvolvimento da estrutura e tentavam abordar as preocupações do assistido. Entretanto, o processo estava parado desde o momento em que chegaram à estratégia que parecia atender às demandas de Cláudio. A partir desse momento, ele ruminava a ideia, mas não conseguia dar o salto e aceitar o apoio das mãos que lhe ofereciam.

Falava das suas dificuldades com franqueza. Sentia claramente o caráter positivo de tudo o que norteava o envolvimento do que ele chamava de equipe de suporte da igreja, porém tinha buscado a vida toda o controle e a autossuficiência. Era difícil para ele mudar o modo de operar e, ainda mais difícil, assumir que o momento de decisão era agora.

TRINTA E QUATRO

Como tantas outras, a família de Rodrigo se comunicava por grupos e subgrupos de WhatsApp. Havia um grupo que incorporava a família expandida, em que estavam os pais, os três filhos, Heitor e Denise, mais outros grupos, exclusivos de Marta e Rodrigo com cada um dos filhos, nos quais ocorriam as conversas mais rotineiras. Foi em um desses que, certa tarde, Rodrigo recebeu uma mensagem surpreendente de Eduardo:

"Queridos pais, queria contar para vocês de um relacionamento especial meu. O nome dele é Tiago. Estamos juntos há alguns meses. Quero ter uma conversa com vocês, mas pensei bem e achei melhor antecipar um pouco para que pudessem estar preparados. Vou falar com minhas irmãs e com a tia Denise, mas só depois de conversarmos. Caso não tenham impedimento irei jantar com vocês dois hoje à noite."

Rodrigo ficou monitorando o aplicativo e viu que Marta não o tinha acessado. Ligou para a secretária dela e soube que estava em uma reunião que deveria ocupá-la até o final do dia, de lá viria diretamente para casa. Pediu à secretária para garantir que a chefe visse as mensagens em seu celular antes de sair.

Marta chegou em casa pouco antes de Eduardo. Parecia nervosa, um pouco perdida. Não teve tempo de conversar com o marido antes do jantar.

Eduardo começou a conversa, obviamente difícil para ele. Havia se separado de Carolina há cinco anos. Lembrou aos pais que haviam conhecido o relacionamento entre eles e, certamente, Marta poderia se lembrar do tipo de diferenças que tinham. Em nenhum momento a insatisfação sexual de algum dos dois foi tema das discussões da separação.

Contou que viveu alguns relacionamentos depois da separação, todos breves e com mulheres. Nenhuma relação chegou a um ponto que lhe desse vontade de apresentar alguém para os pais. Em nenhum momento sequer imaginou que pudesse vir a ter um relacionamento afetivo com outro homem, até se envolver com Tiago. Não saberia responder nem sentia necessidade de questionar se esse amor era fruto do encontro de sua real atração sexual.

Pediu aos pais que imaginassem o turbilhão emocional que enfrentava, mas o que realmente importava é o quanto estava encontrando a si mesmo nesse relacionamento. A relação para ele estava completa e tinham projetos para uma vida juntos no futuro.

Tudo acontecera como que naturalmente, sem planejamento. Tiago também era médico, com especialização em hebiatria. Estudara no Recife e chegara a São Paulo já no começo da residência. Cinco anos mais jovem que ele, também tinha foco no campo das disfunções alimentares, o que fez com que inicialmente se encontrassem em eventos e seminários. Era muito inteligente e se expressava de maneira bem clara e articulada, o que chamou a atenção de Eduardo.

Uma vez, em um evento maior, Eduardo fez uma apresentação de caso. No final da sessão, Tiago se aproximou para fazer uma pergunta, um comentário e engataram em uma conversa. Encontraram-se de novo pouco tempo depois, no café de outro evento. Eduardo não se lembrava exatamente como chegaram ao assunto, mas Tiago lhe contou que participava de um grupo de médicos que se reunia para tocar e ouvir música num bar.

Eduardo conhecia esse bar e passou algumas semanas indo para lá no dia em que o grupo se encontrava. O ambiente era muito gostoso e, naturalmente, foi se aproximando de Tiago. Atraíam-lhe uma intensidade e uma diversidade de interesses que nunca explorara em si mesmo. Tiago não devia ter muitas dúvidas do que estava acontecendo. Há muito tempo se definira como gay e seus namoros foram todos com outros homens. Uma noite, ofereceu a Eduardo carona de volta para sua casa e declarou que estava sentindo algo especial por ele.

Chocado e amedrontado, Eduardo não conseguia se enxergar na situação, mas ao mesmo tempo não queria de qualquer forma machucar ou ofender Tiago, que já era muito especial para ele. Não sabia como um homem de sua idade poderia ficar tão atrapalhado e se sentir tão menino em uma situação. Deixou de ir por duas ou três semanas ao bar, mas sentiu necessidade de voltar. Os dois não conversaram sozinhos nessas ocasiões.

Nos primeiros dias após o evento de saúde de Rodrigo, foi com Tiago que Eduardo teve mais impulso de conversar. A partir daí as coisas foram evoluindo naturalmente e estavam planejando morar juntos. Eduardo contou sua história de uma vez, quase sem interrupções. Quando terminou, ficaram em silêncio por mais tempo que o confortável, até que Marta, visivelmente atordoada e com os olhos molhados, apenas disse que não sabia o que falar.

Neste ambiente de emoção, Rodrigo tomou a palavra e disse que tudo o que passara recentemente lhe ensinara como os caminhos de uma pessoa eram amplos e não pré-definidos, como não somos donos do nosso destino. Achava muito claro que quando se encontra vida, e vida significativa, em um caminho, este passasse a ser o caminho de vida. Continuou garantindo que sua memória não estava tão apagada para que ignorasse as dificuldades e preconceitos a que Eduardo estava e estaria exposto, mas que como pai, mesmo em sua autopercepção de invalidez, queria abençoá-lo e encorajá-lo a seguir plenamente o seu caminho, para que buscasse ser feliz e comemorar a sua felicidade.

Os três riram, um riso tenso e relaxante, quando Rodrigo terminou dizendo que sua única certeza era que adoraria ter netos dos seus três filhos.

Foram para a mesa de jantar. A conversa não poderia deixar de girar em torno de como seria contar para os demais. Marta sugeriu que Eduardo falasse com as irmãs ao mesmo tempo. Achava que Carla teria muito mais dificuldade e que a presença de Marina a ajudaria. Intuía também que a conversa seria difícil com a tia, mas Denise era tão apaixonada por ele, e tão dominada pela própria bondade, que acabaria por entendê-lo e apoiá-lo.

Eduardo pediu ao pai que contasse para o tio Marcos, assim que ele o liberasse para isso. Depois que Eduardo se despediu carinhosamente dos pais, Marta se aproximou de Rodrigo em um abraço. Algumas lágrimas voltaram-lhe ao rosto quando contou que tinha medo de que tudo viesse a ser muito difícil para o filho. Adormeceram de mãos dadas naquela noite.

TRINTA E CINCO

O assunto borbulhava na cabeça de Rodrigo nos últimos dias, ou semanas. O que ele representava verdadeiramente para Marta hoje? Sentia a esposa cansada e sobrecarregada. Não a via sorrir como nas fotos do passado, mas, com certeza, não dava para extrair nenhuma conclusão automática daí, já que entendia como a edição fotográfica da vida era muito mais leve que a realidade. Internamente, no entanto, sentia que aquele sorriso já fora muito mais presente.

Tinham momentos de convívio bastante bons. Na sua avaliação, gostavam de estar e viver coisas juntos, porém havia uma barreira de intimidade que Rodrigo conseguia sentir, mas não descrever. Tentara por vezes passar essa percepção para Marta, mas ela nunca quis dar continuidade às conversas, que descartava sempre com delicadeza e encerrava com a frase "é difícil, Rodrigo".

Em outros momentos, Marta expressava de passagem algo sobre como ele seria agora diferente do que fora no passado, mas nunca se permitia seguir na expressão do sentimento. Rodrigo não sabia no que havia mudado após sua recuperação, era incapaz de identificar o que havia perdido no processo que pudesse fazer falta para Marta. Além disso, pensava ser possível que muitas pendências antes não reconhecidas fossem hoje atribuídas à doença. A união com Marta era parte de uma história de vida que ele sabia ser muito rica, cujos resultados atuais, ou talvez só os mais evidentes, ele podia perceber.

A ponte com aquele passado, entretanto, estava interrompida do seu lado da estrada. Era transparente para ele o impacto dessa impossibilidade. A cada nova situação, perdia seu encadeamento com opções passadas, ou mesmo a perspectiva de suas responsabilidades, e com isso sentia que deixava de ser um parceiro real e possível para a esposa, que experienciava os desenvolvimentos da vida em dimensões diferentes das suas.

Tinha consciência clara de que Marta não se dava, nem sequer se daria, o espaço para reclamar. Estava governada por um enorme senso de responsabilidade e de compromisso.

Ele era extraordinariamente grato a Marta. Nutria uma enorme admiração por ela e, acima de tudo, sentia-se obrigado a dar-lhe o espaço que lhe permitisse procurar sua felicidade.

A situação era muito confortável para ele, Rodrigo. Fora reimplantado em uma referência sólida. Suas incapacidades o liberaram de tanta coisa, as demandas sobre ele eram limitadas. Podia imaginar situações em que este nó fosse muito mais difícil, ou impossível de desatar. Se ele tivesse ficado totalmente incapacitado, era óbvio que Marta, por seu caráter, estaria presa ao relacionamento.

Ocorre que ele tinha se recuperado dentro do limite das expectativas. Era independente nas atividades e financeiramente, graças aos dividendos da empresa familiar e aos recursos originados pela venda de sua participação no escritório, podia se manter e criar a poupança necessária para o futuro.

O equilíbrio da situação não era justo, mas parecia complicado expor tudo isso para Marta. Precisaria usar de todo o cuidado do mundo, ser claro e chegar ao tom certo. Pensou em caminhos, montou esquemas no papel, ensaiou. Queria a qualquer custo evitar que ela o entendesse errado. O motor da escolha dele não era, de forma alguma, apenas a busca de um outro caminho para si mesmo, ainda que soubesse que não poderia ser feliz arcando com esse peso.

Encheu-se de coragem e, em um domingo à tarde, pediu a Marta que o acompanhasse. Levou-a a um apartamento relativamente pequeno, perto de onde moravam. Falou do peso que sentia ser, da sua sensação de lugar usurpado.

Marta reagiu com a negação que era esperada e quis interromper a conversa imediatamente. Rodrigo deixou bem claro que não queria se separar nem se divorciar, não se via de forma nenhuma procurando outro relacionamento. Pensava em se mudar para esse apartamento e, nos seus planos, continuaria tendo um convívio grande com Marta e com a família. Como casal, teriam a liberdade entre eles que quisessem ter. Poderiam se encontrar, fazer coisas juntos, namorar se estivessem no clima, mas seriam convidados um na casa do outro e teriam vidas sociais independentes também.

Ele sabia dos riscos e os temia, mas era maior a necessidade de liberar Marta dos grilhões de sua responsabilidade e de, na sua perspectiva, sair da posição de presença por "default", por ausência de alternativa.

Ficaram alguns dias, após esse passo, em um clima tenso, sem conversar entre eles. Quando, enfim, Rodrigo retomou o tema, Marta reagiu de maneira leve e ligeira surpreendentemente, dizendo que deveriam começar a trabalhar juntos para decorar "aquele apartamento".

TRINTA E SEIS

Rodrigo estava sentado sozinho na sala do seu novo espaço, onde já morava há algumas semanas. Era um apartamento de dois bons quartos, em um daqueles prédios com amplas áreas comuns, pensado para famílias jovens. Tinha optado por um lugar onde pudesse receber bem as netas, mesmo que continuasse tendo atividades com elas no apartamento de Marta e na casa de Carla e Heitor.

A reação inicial da família à sua mudança foi de perplexidade e estranheza, mas ele julgava que tinha sido, na medida do possível, bem-sucedido em explicar seus motivos. Ajudou para a aceitação de todos a reação de Marta, que logo pareceu se ajustar. Ele tinha de admitir, fato que inclusive feria a sua vaidade, o quanto ela parecia bem mais leve recentemente.

Em verdade, a última semana fora até tranquila, depois de um período bastante movimentado para Rodrigo e Marta. Foram apresentados a Rafael e a Tiago, os namorados de Marina e de Eduardo. Simpatizaram com ambos. Diferiam nos estilos: Tiago era mais expansivo e comunicativo, mas os dois eram visivelmente inteligentes, interessantes e sensíveis.

Depois dessa apresentação, Rodrigo e Marta organizaram um jantar especial para a família agora expandida. A tensão pré-evento ficou por conta da filha mais velha e do genro, que tiveram dificuldades em aceitar o relacionamento de Eduardo. O discurso deles era atravessado e, após manifestações protocolares de liberalismo e aceitação, diziam apenas se preocupar com a maturidade de Laura e de Cecília para entenderem a situação. Planejavam não as trazer para a reunião familiar de apresentação.

Foi papel de Marta reagir muito fortemente. Com firmeza, garantiu a Carla e Heitor que não conseguia enxergar qualquer problema e, sim, ao contrário, uma oportunidade de aprendizado para as netas serem expostas à diversidade. Continuou argumentando que o tempo não era administrável e estava além da capacidade de qualquer pai ou mãe controlar a exposição dos filhos da maneira como Carla e Heitor estavam se propondo a fazer. Nascimentos, casamentos, doença e morte ocorrem no seu momento natural e todos têm de desenvolver recursos para lidar com o novo que se apresenta. E concluiu, muito claramente, que ela e Rodrigo veriam a falta de apoio a Eduardo como afronta pessoal.

No fim, toda a família esteve presente, em um encontro amoroso e significativo. Rodrigo ficava feliz em ver a tranquilidade de Eduardo ao lidar com a resistência da irmã e do marido. Foi, entretanto, especialmente bom ver Tiago e Carla conversando sozinhos na hora do café.

As mudanças na rotina de vida já eram marcantes. Seus contatos com Marta, fora de reuniões familiares, andavam um pouco mais esparsos. No entanto, apesar de se verem com menos frequência, sentia que estavam bem, quando juntos. Marta o cumprimentava quando chegava com um ligeiro beijo na boca, gesto que para ele fazia toda a diferença.

Na última semana, acabou fazendo duas visitas à sua antiga casa, tendo ficado para dormir uma vez. Foi também uma delícia para ele a acolhida de Dona Margarida, que fez questão de lhe servir o seu melhor café da manhã.

Tudo parecia correr bem, mas Rodrigo não conseguia atribuir total normalidade à situação. Sentia que muito em sua vida ainda estava por se definir.

Acordava várias vezes sobressaltado. Algumas lembranças eram recorrentes e traziam muito medo. Revivia a sensação da solidão absoluta que teve após despertar no hospital, o sentimento de fragilidade e total dependência que tinha em seu retorno.

Não que vivesse dominado pela sensação de perda. De forma alguma ignorava o vazio em que fora colocado, ou diminuía a sua dimensão.

Com mais frequência, entretanto, pensava na sorte de ter uma nova oportunidade, na acolhida e apoio que recebeu, na chance que teve de encontrar caminhos para ser uma presença significativa para outras pessoas. Difícil lutar contra a solidão quando nada se tem para compartilhar. Hoje aquele vazio estava no passado, mais que seu passado era vazio.

Olhou para o relógio e viu que já estava na hora de se organizar.

Marta ligara mais cedo e combinaram que, pela primeira vez, ela viria jantar com ele, em seu apartamento. Pensou em como iria montar a mesa e no cardápio que queria servir. Sentiu um sorriso abrindo-se em seu rosto quando percebeu que sabia o que devia fazer para a agradar.

Sobre o autor

Marcelo Steuer nasceu em São Paulo em 1956, onde vive até hoje. Casado, tem 3 filhos adultos. Trabalhou por 45 anos em diversas posições no sistema financeiro. *Tábula rasa* é seu primeiro livro.

Todos os direitos reservados.
© Marcelo Steuer, 2021

Rodrigo de Faria e Silva | editor
Thereza Pozzoli | revisão inicial
Adir Lima | preparação
Roberta Leite Junqueira | revisão
Raquel Matsushita | capa e projeto gráfico
Entrelinha Design | diagramação

Dados internacionais de Catalogação na Publicação (CIP)
Steuer, Marcelo;
    Tábula rasa / Marcelo Steuer, – São Paulo:
Faria e Silva Editora, 2022.
160 p.

    ISBN 978-65-89573-51-7

    1. Literatura brasileira. 2. Romance brasileiro

CDD B869   CDD B869.3

FARIA E SILVA EDITORA
Rua Oliveira Dias, 330 – Jardim Paulista
01433-030, São Paulo SP
www.fariaesilva.com.br
@fariaesilvaeditora

Este livro foi composto com as tipografias Sabon e Rockwell, no estúdio Entrelinha Design, impresso em papel pólen bold 90g/m², em maio de 2022.